走近越南丛书

白云生处有人家

[越] 杜光俊煌 著
周 洋 译

广西科学技术出版社
·南宁·

著作权合同登记号 桂图登字：20–2024–185 号

图书在版编目（CIP）数据
白云生处有人家 /（越）杜光俊煌著；周洋译 .
南宁：广西科学技术出版社，2024. 11. -- ISBN 978-7-5551-2352-1
Ⅰ. I333.45
中国国家版本馆 CIP 数据核字第 2024S8Y709 号

BAIYUN SHENGCHU YOU RENJIA
白云生处有人家

［越］杜光俊煌 著 周 洋 译

策　　划：梁　志　赖铭洪　　封面绘图：［越］裴文戍
责任编辑：朱　燕　邓　霞　　版权编辑：朱杰墨子　何凯俊
审　　读：张　磊　黎巧萍　　责任校对：吴书丽
装帧设计：梁　良　　责任印制：韦文印

出 版 人：岑　刚　　出版发行：广西科学技术出版社
社　　址：南宁市东葛路 66 号　　邮政编码：530023
网　　址：http://www.gxkjs.com　　编辑部电话：0771–5786242

印　　刷：广西民族印刷包装集团有限公司
地　　址：南宁市高新区高新三路 1 号
开　　本：889 mm × 1240 mm　1/32
字　　数：160 千字　　印　　张：10
版　　次：2024 年 11 月第 1 版　　印　　次：2024 年 11 月第 1 次印刷
书　　号：ISBN 978-7-5551-2352-1
定　　价：39.80 元

译者序

这是我留在越南最好的纪念

这本书的翻译完成于我结束在越南工作的前夕。

真的就像命中注定一般，我在这个过程中得到了一段不受打扰的时间，让我能够沉下心来安安静静地完成这件事。与其说是我翻译了一本书，不如说这是对我近九年生活的一次回顾。

早在一年前就有朋友说："你得张罗着写本书啊！你在越南待了这么多年。"我一想这也有道理啊，于是翻了翻自己的日记，勉强凑出的十来万字倒也确实足够装订成册。不过，我一直认为自己讲故事的功底并不扎实，而且，写书这件事就如同把自己扒光了站在众人面前的一场行为艺术一般。当你为了做一件事而去做它，效果恰恰会与你预期的完全相反。

一个偶然的机会，好朋友阮氏秋玄把这本书送给我，并告诉我："这本书除了你，我找不到第二个更合适的人来翻译它。"这句话一下子点醒了我：如果还不到自己写书的时候，不妨用我擅长的方式去完成一件既有趣又有意义的事情吧。

当然，当我打开书阅读第一个故事的时候，我就被它深深地吸引住了。从沙巴的云雾缭绕到湄公河三角洲的花香蝶绕，这本书就像一幅巨型的越南风情卷轴画，在我面前徐徐展开……这不也是我这些年真正经历过的一切吗？一篇又一篇地翻译下来，最直观的感受竟是我把这快九年的生活像幻灯片快放一样重温了一遍。

因为有了感情，在翻译时遣词方面我也使用了自己最擅长的译法。这可能与很多人看到的“官方文件”有所不同。不过既然我寓情于该书，又是它的第一位中文译者，这个事情我希望还是让自己说了算。

这并不是一本完美的译作，但是我希望它能为中文读者打开一扇窗，通过这扇窗去打开每位读者心灵的那扇门——了解在这个邻国中正在发生的生活，以及生活中的那些人。

我不是一个擅长说“再见”的人，留下这本译著，也就不算不辞而别了吧。

周洋

2023 年 3 月于越南河内

目录

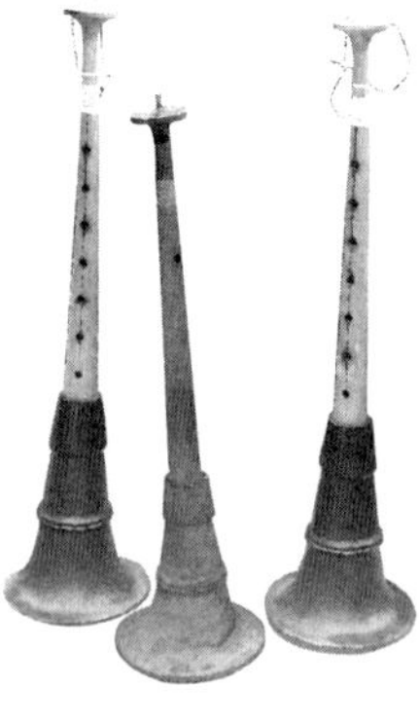

马与人

在越南，说到哪里人与马的情感最亲密无间，没有任何一个地方比得上老街省的北河县。

每到周日清晨，那里的马市好不热闹。马与人之间亲密的互动正应了一句当地的俗语——“人马相亲，宛如一家”。

独到的马市

傍晚7时30分，我已安坐在河内美亭汽车客运站前往老街省北河县的过夜大巴上了。耳边不时传来同行的国内外旅客关于北河集市的闲谈。他们和我一样，将在这大巴车上过夜，一觉醒来，即会穿过周日清晨的薄雾，前往那周末的集市。

次日凌晨5点，清脆的马铃声唤醒了我。映入我眼帘的是坐落在北河中央平地当中的北河集市。马匹驮着人与货物，沿着崎岖漫长的山路来到集市。“哒哒”的马蹄声夹杂着当地人的欢声笑语，使整个集市的氛围变得热闹欢脱起来。

早上7时30分，一名叫常小齐的47岁赫蒙族男子从大云楚乡的谭楚村领着一匹一岁零两个月的棕色小马来到南刹第一街道文化宫对面北河公园湖边的铁栅栏处。骑摩托车从阿齐的家里来到集市只需要30分钟，但因为他领着马一路步行，整整花了两个小时。套好马后，阿齐在附近转了转，略作休整。阿齐在一家饭馆门口的小木凳上坐下，吃了一碗米粉。他喝完一杯酒，再深深地嘬了一口竹烟枪里的黄花烟，随着烟雾升腾起的是他爽朗的笑声。不一会儿，人陆陆续续多了起来，马蹄声伴着人们的寒暄，再加上马儿咀嚼草料与鼻息之间发出的“呼呼”的颤声，那种繁复而难以名状的声响充耳不绝……

8点，集市已经变得拥挤而热闹。数百人挤在成百匹花色品种不同的马群中，色彩斑斓。

一位客人往阿齐的马前凑了凑，又来回端详了一阵，摸了摸马儿的鬃毛，在马儿的前胸、后背、肚子上轻轻拍了拍，又提了提马儿的腿和缰绳……约莫5分钟的工夫，方才开口说道:“这马太肥了！”这位客人找了个讲价的理由。

“现在正是出草料的时候，要是这马儿养不肥，怕是养马人的问题了。”阿齐答道。

他一边夸着自家马儿一边说道:“一岁零两个月，90千克，1800万越南盾，您看着回个价？”

“顶多给你1400万。”

“哎哟，这可不行，1700万。”

“就1400万。”

“哎呀，1600万？”

客人摇了摇头。

阿齐又压了压价:“1500万？”

客人准备离开，这时，阿齐赶紧把他拉了回来，笑着说道:“我再让您50万，成交！”阿齐伸出手，那客人想了想，伸手握住了阿齐的手，然后将手伸到兜里掏钱。两人旋即蹲在马儿身边，客人解开钱袋的松紧带，阿齐和他一起点钱。等到1450万越南盾齐齐整整地点完结清，这位客人方才拿出口袋里的电话往家里打:“告诉阿妈，赶紧帮阿爹把马棚子打扫干净啊！”

8点半，卖了马，小心翼翼地把钱收好，阿齐才笑嘻嘻地起身到市场里闲逛了起来。

看着北河的马群，我不禁想起了在罗贯中的《三国演义》曾出现的“神驹”——赤兔马。此马日行千里，善跋山涉水，毛色如赤焰，竟无一丝杂色。赤兔马高八尺，辗转腾挪之间宛如腾云驾雾。赤兔得以名贯古今，因为它是英勇仁义的“一代武圣”关云长的坐骑。

在我脑中浮现的另一匹马则是的卢马。此马号称“极其雄骏”，骑乘之人无不夸赞。不过的卢马“眼下有泪槽，额边生白点”，蒯越之兄蒯良视其“骑则妨主”，但在刘备遭遇蔡瑁追杀之时，正是此马载着主公从檀溪中一跃三丈，飞过西岸，方才救了刘备的身家性命。

马市长约500米，处处都能听见买卖双方对马匹评头论足的声音。

“这马的奶子很大，在这集市里可算得上是头一名。它估计是太能吃了才长这么胖，不过就怕它不下崽。”

听到客人这么说，驯马人立马直起身子，反驳道：“呵，怎么就生不出？！在家都下了好几只小马驹了。”

离开了那匹小棕马及这匹明码标价2500万越南盾的8岁母马，我又兴冲冲地跑向了一匹毛色白如雪、四蹄刚如铁的白马，这匹白马售价1800万越南盾。客人们争相询问：“这匹马能当赛马吗？”

“它去年就在北河参加比赛呢！”驯马人答道。

“感觉它好老了。”

“它还没有换牙呢！”

我看了看这白马，又转向了另一匹马。也许是瞧我看得这么认真，一位驯马人凑近我，问道：“您买小马驹吗？”

“几岁了？”我反问。

“还没到一岁呢。”

“卖价多少？”

“1200万越南盾。”

“这马怎么这么认生？”

“平时都把它养在马棚里，压根就没往外带过，您试着放它在外边跑两天再看看？”

我笑着说了声“谢谢”，便径直走向了整个市场里人气最旺的那匹马身边。只见一个中年男人左手将一匹黑马的马掌翻起来，右手一边擒住马掌一边叮叮当当地敲击着马蹄铁。那匹黑马既不挣扎，也不嘶吼。我好奇地询问身边一同围观的赫蒙族大姐那中年男人：“这是在干什么？”这位名叫“王氏钿”的大姐对我解释道：“检查马脚有没有问题。走那么远的路到这里，人得看看脚，马也一样。”阿钿大姐大早从那回乡那营村来到北河买马，从8点看到9点依旧没有相中一匹合适的。待一旁的买家查看完了马掌，那中年男人又用右手捏住黑马的鼻孔，随即放开。阿钿大姐解释说这是在检查马的呼吸是否顺畅。接下来，男人从身边的金串子树上解下套马的绳索，将马牵到路中央后纵身跃上马背。只见他拉了拉缰绳，那黑马撂开步子一溜烟跑到了集市的尽头。将近10分钟，男人才松了缰绳让马小跑回到原地。这样一套动作下来，可以让买家看看马行进的步伐、姿态及马的耳、眼、口、鼻的基本情况。如果买方比较满意，就可以讨价还价了。

“您给我少 20 万吧！”买家说道。

“顶多少 10 万！”那驯马的男人口气坚决。

双方来回议价谈了半个小时，才算完成了交易。

眼前难缠的买马人叫常小理，大云楚村人。这个年过半百的赫蒙族男人悄悄告诉我，自己已经在集市上买了两匹马了，4 岁的这匹用了 2000 万越南盾，7 岁的那匹用了 2100 万越南盾，为的是买回家驮东西。（4 岁的正是经阿理反反复复检查的那匹黑马，虽然驯马人已经为他减掉 10 万越南盾以求开张大吉，但阿理仍固执地表示自己是以 2000 万越南盾原价购买的。）

马市的喧嚣直到 11 时 45 分左右才渐渐散去。买到自己合意马匹的人满面春风，起个大早将自己家的马带到市场却无人问津的人只能将马套好牵回家继续养着。忙了一上午又累又饿，这些驯马人将马系在树荫下，三五成群结伴便张罗着去打酒吃。

供马帮们打酒吃肉的街市约长 500 米，分成了三个区。马肉汤锅、羊肉汤锅、水煮猪肉、水煮猪心、河粉、玉米蒸粿、米饭、玉米饼等各色菜式飘香，因此这里也成了北河集市最为欢乐的场所之一。经过了一周的劳作，周日来到集市上的人群络绎不绝，一幕幕亲朋好友团聚的画面映入眼帘。一家人坐在一个马肉汤锅店里，吃喝玩乐、嬉笑打闹，场面其乐融融。看我一个人站在汤锅店外，店家热情地招呼道：“快进来吃点汤锅吧！”几个围坐在一起的男人对我劝道：“哟！快进来喝口酒吧！”我笑着走进去和他们坐在了一起，向店家点了一份汤锅、一碗豆花和一瓶版浦玉米酒，和几位热情的大哥一起分享。

组织聚会的人叫阿天，赫蒙族人，来自那回乡辛寨村。周末到北河集市逛逛，他走累了就抄起电话叫附近的朋友过来一起喝酒。“出来玩就是要高兴，不高兴就别出来！”阿天对身边的人说道。阿天和他的朋友是一群开朗健谈的人，几个人聚在一起抽抽黄花烟、喝喝酒、吃吃汤锅，谈天说地，何其快乐。阿天问我：“来北河吃马肉感觉如何？”听我说好吃，阿天接着大声说道：“这里的马肉外焦里嫩，老外吃了也喜欢！”阿天的几个朋友也都笑着说：“到了北河不抽黄花烟不喝酒，啥事儿也办不成！”

几杯酒下肚，吃过一顿马肉汤锅的工夫，我算是听了不少关于这个“山凤汤锅专卖店”的奇闻逸事。席间，一个人说道：“哪一周不上北河集市看看马、喝喝酒就感觉浑身没劲儿。”又有人起身强调哲学家曾说过的一句话：“啥时候人灭绝了，马才会灭绝！”穿堂而过的酒话、客人点单的声音、堂倌下单的唱付，此起彼伏。人们在醉意里促膝长谈，或红着脸或眯着眼歪在一起，但绝不会因为醉酒而闹事，伤了和气。快乐与亲厚在空气中徐徐漾开……天空晴朗，醉酒的人步履踉跄。看那几个醉得不省人事的，或是把头埋进膝盖里睡着了，或是一头栽进了背篼里，或是躺在摩托车上打呼噜，抑或是直接瘫倒在地上呼呼大睡……哎，谁又会责怪这些醉酒的人呢？

下午2点20分左右，后厨里的阿凤姐往外喊了一嗓子："没肉了！"阿凤姐从早上6点就起来忙活，先煮上两大盆灶马肉汤锅——干干净净整整100斤肉；此外，还得打上100升的白酒和几桶生啤。邻近这数百名赫蒙族、岱依族、侬族、瑶族、热依族的乡亲平日间的喜怒哀乐，于这周日的推杯换盏、觥筹的交错中，在空气飘散开来。这也是他们一周之中难得的一次让自己的灵魂涤浊扬清的自由时间。

集市，对生活在山区的人们而言是必不可少的，由此可见一斑。

北河县人民委员会主席李平明在与我的交谈中表示，北河县目前共驯养了4253匹马，是整个老街省驯养马匹最多的地区。北河县民众驯养马匹历史悠久。因此，一些买卖大型家畜的集市，如马市、牛市等在县里便应运而生，并逐渐形成了一定的规模。这些集市也为买卖双方提供了相对便利的交易平台。北河县平均每年能为越南国内市场提供1000～2000头大型家畜。

每到周日，来自北河县21个乡镇的民众都会聚集在这个平坝子上赶集、买卖、交流，风雨无阻。

集市也吸引了其他地区的客人前来参观、交易。他们从河内、北江、北宁、永福、谅山、高平、河江等地赶来，或是将马匹买回家饲养，或是进行转售。当然，也有"以马换马"的情况出现，若是有人家不愿意继续饲养现有的马匹，就将它牵到集市上来，如果双方同意交换，便可在集市上现场完成交换手续。当然，好马价格更高，交换双方也会在彼此同意的前提下由一方补足差价。

马市热闹非凡，每次组织集市都有超过 100 匹马前来进行交易。赫蒙族、岱依族、依族、瑶族、热依族、夫拉族、拉基族、京族、华族等民族的男子齐聚在集市，品评、鉴赏着每一匹马。要是遇到自己喜欢的马匹，还可以跳上马背试骑一番，喜悦溢于言表。

一些马具及饲养工具都能够在集市上找到，如马鞍、缰绳、笼头、衔铁、马料刀、马铃等，应有尽有。集市上也有专门钉马掌的工匠。在交易结束之后，人们可以去马肉汤锅店吃一顿。一边大快朵颐鲜香美味的马肉，一边喝着醇美的版浦酒，一周的疲惫与辛劳瞬间烟消云散，何其快哉！

下午 3 点，集市散去。赫蒙族的女人们或是牵着马，或是亦步亦趋地跟在早已醉倒在马背上的丈夫后面……那些动静交织之景在我脑海中挥之不去。我想，再没有什么比这画面更富有赫蒙族风情了，更没有什么比这更能体现越南西北地区的淳风美俗了。

作为当地小有名气的旅游景点，北河集市吸引着国内外游客纷至沓来。

去过北河县的游客都表示，北河集市是绝不可错过的游览目的地！

马亦如人

北河县总面积超过 68000 公顷，约 68000 名来自 14 个不同民族的百姓生活在这片土地上。其中，赫蒙族占了整个县人口的 47%。京族、瑶族、岱依族、夫拉族、拉基族、华族等民族也在北河县世居。

北河县气候属热带季风气候类型。根据海拔的不同，地区的气候呈现出不同的特点。海拔 116 ～ 600 米的低洼地区年平均气温范围在 28 ～ 32℃，其中包括 8 个乡：保崖、楠鲁、勾利、勾楼、班丐、楠庆、楠蝶、班连。包括楼提埃、太让浦、纳回、达寨、班浦、楠门在内的 7 个乡平均海拔范围在 600 ～ 1000 米，年平均气温范围为 25 ～ 28℃。龙坪、龙改、班伽、达古迪、黄秋浦、达万诸在内的 6 个乡地势较高，海拔在 1000 ～ 1800 米不等，年平均气温范围在 18 ～ 22℃。北河县年平均气温为 18.7℃，最高为 32℃，最低为 1℃，当然也有个别年份气温会下降到 −2℃。县内的平均坡度为 24° ～ 28°，甚至更高，空气湿度达到了 75%。这是个适合养马的地区，这里的马儿强壮、聪明，是人民生产生活的得力助手。

生活在高原乡镇的少数民族大多在山坡上世代居住，日常生计以农林业生产为主，交通则主要依靠马匹。马是当地人最亲密的动物伙伴，在他们的日常生活中扮演着非常重要的角色。赫蒙族语中，马叫“犊宁（音译）”。马匹是普通赫蒙族家庭中最为宝贵的资产，马匹的选择与购买是一件很重要的事情。

对此，来自大云楚乡的55岁赫蒙族男子常小理总结道：“一匹马就像一个家庭的成员。作为家庭成员必须承担劳作才能健康、体现社会价值；一味好吃懒做只会生懒病，从而丧失生活的意义。”

马与北河人的生活息息相关，因此北河人在选马和养马方面有着很多独特的经验。选一匹良马，首先要看整体，再考虑每一个细节。一匹好马首先要有结实健硕的肌肉、光滑的毛发、修长的身躯、结实有力的腿、丰满有力的胸部、匀称的脸……这些都是硬性要求。6～8岁的马匹最受欢迎，处于这个“黄金年龄段”的马匹总是市场交易中的“宠儿”。要知道一匹马的年龄，从它的牙齿数量就可以进行判断。马一般3岁开始换牙，一次会换掉2对牙，直到6岁换牙才算结束。马的乳牙是纯白色的，恒牙则略带黄色，恒牙比乳牙大。如果通过牙齿和头发可以判断一个人的年纪，那么在这一点上，人与马在某些程度上也有很多相同之处。来自班浦乡的男子马小史对此也有自己的看法。他认为，健康的马的牙齿必须齐、短、平、小而坚固，有了这样的牙齿，马儿不仅面相好，胃口也棒。每匹马的下颚都会长6～7颗牙齿，以6颗牙齿最佳。马的耳廓必须竖起来，灵活地循声而动。灵活的马耳廓既有助于提高听力，又能让它们看起来英勇帅气。马在奔跑时，耳朵会向前倾斜，以探测前方是否有障碍物。据说马可以探测到几十米外的障碍物。这时，它们停了下来，耳朵向后一仰，便会跳起来嘶叫以通知主人。如果它们的耳朵听不到声音，它们就无法快速奔跑。眼睛是心灵之窗。一匹美丽的马的眼睛必须又大又圆、清澈见底，瞳孔颜色分明。略微凸出的眼球是马匹敏捷和灵活的标志之一。眼睑上有倒睫毛的马绝对不能选，因为这样的马极其“反骨”。睫毛过长的马具有攻击性和叛逆性，要想驯服这样的马，就必须拔掉所有的旧睫毛。新生睫毛比较短，也意味着马的性子能够慢慢被人驯服。马的前额应该是平坦的，而马的鼻梁应该是直的，不是扭曲的。又粗又长的马鬓角之所以好看，是因为它能避免马在强烈的阳光下被晃到眼睛而受惊。这些都是选择马匹的外观“硬指标”，它们亦能在一定程度上折射出一匹马的性格。如果有发旋，最好在马的前额中间，以眼睛上方为佳；如果发旋长在了比马的眼睛还低的位置，是否是一匹好马就很难说了。另外，如果发旋长在马背上鬃毛的末端并直接指向主人的脸，那绝对不能算一匹好马，因为它存在背叛主人的“反骨”，这种马经常走失、摔倒。马背要直而短。隆起的马背不仅看起来很糟糕，而且人骑乘的体验感也很差。马的腿要直，不能外拐呈“八”字形；马的步态要整齐，不能摇摆不定；短腿的马力量好。走路时，马的前后脚必须能接近或相碰。马蹄形状要圆而直，触感要柔软且有韧性。给马钉马掌时，必须方便修剪前蹄，要能被修成齐整的圆形。马蹄圆而直，这样马才不至于跌跟斗，并具备强悍的攀爬能力。赫蒙族有一句谚语叫“马瘦毛长，人穷志短”。短而亮的被毛是马健康的标志，好的被毛手感柔软。马从头到脚只一种颜色，光滑润泽。北河县的马色彩丰富，红色、黑色、黄色、白色、灰色，甚至带斑点的都有。拥有质地坚硬、粗长油亮的鬃毛的马是最受欢迎的。一匹骏马的马尾应该垂过后腿，且尾端形状尖锐。马的腹部一定要健美紧致，不能臃肿鼓胀。马的屁股也一定要丰满浑圆。

通过外观审视了马匹之后，人们便可以抓起马鞍，跳上马背，拉动缰绳，让马跑个一两千米，以检查马的健康状况。如果马跑完了，还能够均匀地呼吸，说明它的身体素质很好。马小史先生是一位资深的贩马人，据他介绍，如果在试骑后，马匹呼吸急促、不规律，就可能存在呼吸道甚至肺部的疾病。患有肺病的马常常会气喘吁吁、身体虚弱，根本拉不了车，有的甚至会在搬运货物的过程中猝死。为了防治马的肺病，赫蒙族人把豆蔻和辣椒晒干、焚烧，将烟熏进马的口鼻里，直到马儿咳嗽为止。如此反复多次，便可以达到防治马匹肺病的目的。肺病是马匹的常见病，很难治愈，所以在买马的时候，人们会避免买到患有肺病的马匹。除了肺部疾病，马还经常患有窒息、腹痛、腹胀、口腔溃疡等疾病。当然，赫蒙族人也有用草药治疗马匹常见病的丰富经验。

好的马匹敏捷、活泼、温顺且忠于主人。当然，试骑的过程也可以判定马的品性。如果遇到一匹烈马，很有可能在这个过程中它会表现得极具攻击性，有可能会将骑手掀翻，甚至反过来咬人。

马的性格一般随主人，主人有照顾它并教导它的义务。15天大的小马驹已经可以和母马一起在外面吃草了。这时，主人开始靠近并爱抚小马，让它们熟悉自己的气味。马1岁的时候，主人会在它们的头上拴一个辔头来控制它们。1岁半的马匹开始备鞍。从空鞍行走，逐渐加到15千克、20千克……马需要1～3个月的时间才能适应并熟练。学骑马也是一样。通常先让孩子坐在马鞍上，大人则在马的一侧带着走；渐渐地，孩子自己就可以跳上马，可以在平坦的道路上悠闲小跑，爬低坡，上高坡……最后到一溜烟地疾驰而过。65岁的马小桑来自班浦乡，他介绍道："训练马匹时，人们必须要耐心温和，从轻到重。马亦如人。"

马的主要食物是象草、玉米叶及磨碎的稻草，当然还包括玉米、大米、米糠、黄豆等谷物。在北河，马还可以吃一种特别的"加餐"——玉米酒渣（酿制玉米酒之后剩余的酒渣），它是马儿的"补药"。玉米酒渣（常与青草混合）既能助马增肥，又能帮助它们御寒防冻。

来自班浦乡含如村的赫蒙族人李老五不仅是个养马能手，还是个远近闻名的兽医。他说，马的身体相对硬朗，比水牛和黄牛少生病，因此更容易饲养。根据各家的经济情况和劳动特点，马匹的饲料有所不同。对当地普通农民来说，草料是马匹主要饲料。需要马匹拉车抬重物的人家平时一定要多给它们喂大豆、玉米粒。至于参加赛马训练的马，喂食则应适量，不能养得太肥，需要比其他的马匹多喂些黄豆。李老五说，北河地区天气寒冷，马匹容易患肺部疾病，出现流鼻涕、腹痛和胀气等症状，他会根据这些情况选择不同的草药治疗这些疾病。北河的大多数民众还会用传统的民间疗法治疗马匹的疾病。随后，他带我去了自家的草药园，并指着每一种药用植物给我介绍：“这是一种蓬马科的植物（看起来像一根热气腾腾的骨头，带点刺鼻的香气），它可以治疗胀气，帮助伤口愈合。如果马匹出现胃痛、胀气，则立即将这种植物煮水给它饮用；在马受伤时，用叶子在它的伤口上彻底擦拭即可；治马腹绞痛、腹胀，宜将树皮从树上取下，用刀敲碎使其出汁，再煮水给马喝。马若患了肺炎，有流鼻涕症状，应取干豆蔻兑水喂马，每天饮 3 ～ 4 次。如果想要马在冬天不受风寒感冒的侵扰，就让它多吃玉米酒渣（将发酵后的玉米煮熟，取酒渣即可）。当公马患有生育障碍疾病时（不能满足交配需要），治疗方法很简单，只需割下一小节母马的马蹄，将它煅烧成炭掺水给公马饮用即可，公马很快就可以‘重振雄风’。为了让马匹健康，需训练马匹定期奔跑，不过应避免让它们在石路上奔跑，以免磨损、折断马蹄……”

每个北河人，出生后第一眼就能看到屋外的马船上站着一匹马。孩子两三岁就要学着割草、放马，长大了骑马、驯马，每周去集市看马、买马甚至吃马肉汤锅。从生到死，连抬棺材的横杆上都刻着马，意在由神马引领着它们的灵魂从来处来、向去处去……马与北河赫蒙族人的命运交织、轮回共生，恰如一道闭合而绮丽的生命之轮。

赫蒙族有 30 多个家族姓氏，其中 6 个家族姓氏以动物命名，如熊、侯（猴）、罗（驴）、杨（山羊）、龙、马。赫蒙族村的村落称为“郊瓮（音译）”，由居住在一个区域的许多房屋组成。不同的村名来源不同，有些村庄以他们的家庭命名，有些村庄则根据当地特色命名。特别是在北河县，有许多地方以“马”命名，如饲马街（新马市场）、马泉（马溪）、马大坪（平坦的马场）……

北河马身高适中，只有 1.2 ～ 1.5 米，马身从前肩到马尾的长度为 1.2 ～ 1.3 米，体重为 120 ～ 130 千克。人们养马既是为了获得肥料，也是为了利用它们运载货物和骑行。北河县人民委员会正在实施一项科学项目——研究、选择和杂交具有 50% 卡巴金血统的杂交种马，以改进北河马的品质。

自 2006 年起，每年 6 月，北河县人民委员会都会举办北河高马比赛。具有近 100 年历史的传统赛马比赛作为一种独特的民族文化活动在当地得到了恢复。而参赛的马匹仍然是人们生产生活中的日常用马，并非专业的赛马。参赛的骑手和马匹将在北河体育场进行 1900 米赛道的竞逐，从资格赛开始采用淘汰赛制决定晋级半决赛、决赛的骑手与马匹。北河的赛马规则被称作“木工赛马”。马背上的骑手没有马鞍、没有脚蹬，只用一根皮带拴住马，用两只铁钩把皮带拴在马颚两侧的绳索上对马进行控制。加速时不能使用鞭子，而是要用双手握住缰绳，双腿夹在马腹上控制速度和平衡。看骏马背上俯身奔腾的骑手，就可以看出赛道上选手备战时所付出的艰辛和勇气。根据一名成熟骑手的经验，马匹奔跑时必须稳稳地坐在马背上才能控制住它，转弯时需要牵拉缰绳减速以免摔倒，直道时则应松开缰绳策马全速奔跑，这对力量的控制有很高的要求。

因为马是一种与当地的赫蒙族人生活密不可分的动物，所以马也出现在常用的当地谚语、成语、民歌中。

比较有名的谚语有：

“马瘦毛长，人穷志短。”

“奔跑如马遇猛虎。”

“好马驯良，笨马难管。”（响鼓不用重槌）

“富不养鸭，穷不养马。”

“穷人不喂鸟，懒人不养马。”

驮马的形象也被人们用来诉说旧社会家庭儿媳遭遇的苦难。她们用民歌感叹：

“阿妹啊！我也跟着你叹几声哦……

天老爷！我的身体就像那身负重担的马儿，我挑不起担子，也不愿努力，只好逃避。

我在家里做牛做马歇不得哦。

我不得不逃，可叫别人看见又如何是好，我这苦命的人生哦……”

马的形象也常出现在赫蒙族人的葬礼上。据当地人传说，神马会将死者带回他们的祖先身边。在葬礼上，死者的担架被制作成马的形状。竹担架被称为“鬼马”。在巫师祭祀死者的哀歌中，有一整首以竹为马的歌，讲述了使用一种稀有的竹子制作“鬼马”担架的过程。哀歌名曰《竹造马》，歌中唱道：“……只剩一棵竹，如今我气绝，只得尽砍除。切顶弃枝叶，只留主心骨，充作鬼马架。风雨不归路，魂飞向故土，锦绣裹枯骨！”

在这里，马的形象又出现了：“……汝今转世去，告汝方便法。世间百万物，切勿做牛马。如生为水牛，一世把地耙。如轮回为马，一生把货拉……”

在当地巫医的治病仪式中，巫医坐的椅子也会有马的图腾。据说这是代表神马会带着仙师的灵魂前往未知世界，通过重重的门找回将死者的灵魂，从而将他们救回人间……

由此可见，无论是在当地赫蒙族人的日常生活中，还是在他们的精神生活里，没有什么动物可以代替马的存在了。

通往苍穹的阶梯

越南老街省沙巴镇的梯田，在让人为其美景赞叹的同时，也是农人的经济来源。它不仅有助于农耕文化创造、定居耕作的形成，还有着对环境有效利用与保护的深意。耕种梯田是一种文化的创造，越南西北高原多民族的文化浓缩于此，包括老街省沙巴镇的赫蒙族和瑶族。尤其在沙巴，放眼看去，几乎都是梯田。毫不夸张地说，这里是梯田的王国。

梯田之美

老街省沙巴镇的赫蒙族和瑶族，世居于平均海拔 1500 米的山区。

老街省沙巴镇的稻田面积约为 2328.96 公顷，占该镇农业用地总面积（5343.37 公顷）的 43.59%，保障了当地人的粮食安全。

目前，沙巴镇几乎 100% 的稻田都是梯田。大米对山区的人民来说非常重要，因为它不仅是主要的食物来源，也是互市和贸易的商品。对赫蒙族和瑶族来说，梯田是稳定的水稻生产基地——主要的生计来源，是宗族强盛的保障，也是留给子孙后代的财富。梯田也被当地人认为是无价之宝，赫蒙族和瑶族农民经常在子女组建新家庭时，将梯田分给他们。

在沙巴，许多当地人认为最早开垦梯田的是一家姓“罗贵”的农户，他们在中寨乡的梯田已有 121 层。此之，周边相邻的地块也属于罗贵家族，是他 12 个子孙的家产。

来到沙巴，人们都对赫蒙族和瑶族的梯田耕作技术感到惊讶，因为有的梯田排列在山麓之间，有的则贯穿于两个山坡之间，覆盖了一整座山。

评价田地好坏有两个最基本的标准，那就是平整土地和引入稻田里的水源。赫蒙族人和瑶族人在非常艰苦的条件下也都能把这两件事做好，无论是在山麓抑或是在山顶。

平整土地的工具有镐（铁锄，长约 0.4 米，锄柄用坚硬而富有弹性的洋槐木制成），用来在地下深处挖大石块；铲子（尖铲，最宽处 0.32 米，长约 1 米，用相思木制成），用于将泥土铲入自卸车或担架；撬棍（由长 1.6 米、直径约 0.04 米的钢棒制成，棍头尖），用于破碎或挖掘地下深处的岩石；担架（竹垫是一种流行的编织担架的方式，长 1.5 米，宽 0.55 ～ 0.6 米。编织这种垫子时，人们通常用两根圆木棍将它缠在编织的床单上，垂直覆盖整个担架。现在的人也用编织袋替代手工编织的竹垫），是在开挖田地的同时搬运土石的工具，这种工具可以搬运部分的土石，使用时需要两个人一起操作；运土车（由一个木轮组成，轮轴连接两个推杆作为传动系统，推臂也是一个承重架，推杆上是一个梯形木架），是一种新型运输工具，具有机动性强的优点，可以携带大量土石，使用时只需一个人操作即可。这些挖掘和整平工具已被当地农民熟练地使用。

通常情况下，开垦土地的做法有两种：自上而下、自下而上。

如果田地是从上往下开挖，那么这块田地的土地位置通常需要有 30° ～ 50° 的坡度。当土地被清理干净，并清理了影响土地平整的灌木之后，人们就会找到一个最平坦的表面作为平整土地的标准位置。赫蒙族人和瑶族人会使用两种简单的自制工具来确定等高线上的区域平衡，即 A 形尺和矩形框尺。通常，一块田地的表面面积应至少达到 3 ～ 5 平方米。不过，由于很多地方非常陡峭，场地表面面积只有 1 ～ 2 平方米。人们用镐、铁锹将土从高处锄挖到基准所在处，形成地面。当遇到大量碎石时，必须用撬棍和镐挖起，推到田边，形成天然的田间道路。每块田地的宽度都有一定的变化，这取决于每座丘陵和山脉的曲率。自上而下开垦做法的优点是可以在短时间内完成。不过由于时间短，梯田表面呈现的保护色往往没有自下而上的开垦方法自然。

自下而上开垦是一种不常见的做法，它需要一定的挖掘技术水平。这种做法具有保持稻田肥力的突出优点。使用这种做法，得先找到一块坡度小于 30° 的山丘，然后把土锄进去，填平顶部的凹陷处，形成基准。只有这样，土地才会从下往上移动，形成新的地块。地块之间的高低通常是 1 ～ 1.5 米。挖平田地时，尽量消除表面高低的差异，留出田地的边缘，使田地有一个平坦的表面以蓄水。田地建成后，为了检验田地的平衡度和平整度，人们会将水排放到田地中。如果检验成功，留在场地上方的土墩将被清除。据估计，按此法每人一天可开垦 10 平方米左右的梯田。

根据当地人的经验，如果地形允许，坡上的田地越宽越好。罗贵旺解释说："因为上方的大片田地可以容纳很多水，所以它就形似一个大水槽，可以调节流向下面田地的水流。越是靠近低处，就越需要借助合理分配来划分场地。小块田地有助于长时间地保持水量并减少导致土地侵蚀的径流压力。"

赫蒙族有一句俗语："父母可死，水火不死，父母死犹可，水火死不可。"这句话表明了水对梯田农业的重要性。可见，梯田的蓄水阶段也很重要。人们从田地被夷为平地的时候就开始建造蓄水坝。建造坝堤的土壤直接取自场地末端平整处。人们用蝴蝶锄把土耙到岸边，低矮缺土的地方就从高处耙，然后用脚踩、用锄背用力敲打，以把田边压实。一块田的高为 0.15 ～ 0.18 米，宽为 0.2 ～ 0.25 米。当水排入田地时，堤岸变硬。看着新收割的田地边上的坝堤，就知道这户农民耕地是否用心、水稻种得是否熟练。

赫蒙族人在小块土地上耕种时，会牢记加固堤岸。每块田地间都有一条小沟，供上方地块的水流到下方地块。这些水沟必须错开，以避免决堤。在最后一块田地，人们通常还会多留一条小水沟放水。而如果田里面水量充足，则可以放养鸭子和鱼。

在大多梯田中，人们在播种前通常用竹竿及半截竹子做成水槽，为田地引水。收获后，如果田地里还有水，人们就把水排走。当水淹没田地时，则需要将沟渠封闭以防止土壤被冲走。

引至梯田脚下的水流系统（或灌溉系统）的水通常取自高山泉水或从岩洞中流出的天然水源。赫蒙族人、瑶族人根据地势坡度，在溪流源头用镐、蝴蝶镐挖平土石，形成宽 0.8 ～ 1 米、深 0.4 ～ 0.5 米的沟渠。沟渠沿着山坡的曲线流入位于上方的第一块田地。人们在山地丘陵斜坡上地势突然断层的地方开凿水槽。通常是取直径约 0.1 米或更粗的竹竿，先将竹竿一分为二，然后把其中一半上翻做成水槽，并与另一半连接起来，形成通往田间的水渠。此外，还用埋在地下的竹竿做成或长或短的桩，以支撑水槽。对水流大、施工难度大的地方，要 6 ～ 8 根竹竿并用，以形成一个大槽（又称“母槽”）。这样，水沿着水槽就可以直接流入田间。

说起老街的梯田，不能不提到位于海拔较高的巴刹镇伊迪乡和埃头乡的石坝河谷梯田。石坝河谷梯田总面积达 233.1 公顷，从海拔 1500 米～ 2000 米绵延相连。那里雄伟的自然风光构成了迷人的风景，是属于哈尼族和赫蒙族的伟大创造。哈尼族的故乡就在这“山高云淡”的绝美之境中。为了生活，他们创造了梯田文化。哈尼族人在周围山坡上的梯田里劳作，拥抱自己的生活。行走在哈尼族的村落里，我们情不自禁地惊叹当地梯田之景——绵延的梯田从山脚一直重叠到山顶，那里既有宽阔的大地块，也有只有一两条犁沟的小地块……

哈尼族研究员、奠边省少数民族事务委员会副主任、《哈尼族民俗》一书的作者朱翠莲女士说：“哈尼族有一种被称为‘冲灌’的独特施肥法。在雨季，人们在沟渠、水槽上方养牛，让牲畜的粪便撒下梯田。村落里有堆肥坑，里面放着各种粪肥、绿肥和草木灰。春末夏初开始播种时，人们会将水排入堆肥坑，使粪水顺着沟渠流入田间。夏季下雨时，更多的水流从山间流出，带来腐烂的树枝和动物尸体等有机肥料。哈尼族人巧妙地利用了天然肥料。”

几千年来，哈尼族人利用地层构造条件，不断探索，克服了开垦和灌溉过程中的重重困难。他们用勤劳的双手开辟出一望无际的梯田。梯田，是哈尼族人的生命线。他们的《农历之歌》展示了一个相对闭环的梯田耕作过程："二月里 / 看那忙于种植稻粟的妇女 / 三月里 / 看那忙于播种耕作的男人 / 到四月 / 请集中力量把田种到四月 / 到五月 / 每年年初到五月 / 插稻秧 / 绿色水稻久不见 / 从六月开始 / 稻花初绽田埂里 / 七月稻花香满天 / 八月田地泛金黄……"这首歌描写了哈尼族人忙于耕作的辛劳。在《新米歌》里，他们唱道："收集数千吨粮食 / 足够九万年供养 / 终年可好好享受。"

朱翠莲女士说："哈尼族人耕完田，也会开垦田地租给附近各民族兄弟。不少岱依族、瑶族、赫蒙族、拉祜族的梯田……都有哈尼族人的功劳。"

水稻覆垄香

水稻每年通常在雨季种植一次，收获时间在农历十月左右，这时地处高海拔地区的沙巴迎来了寒冷季节。

据统计，赫蒙族目前种植7种白米：柳筷、梅林斯、纳林斯、大粱、普雷拉、飞船谷和娘稻。无论是种植面积还是品种，糯米都不算太常见。不过也有不同类型的糯米，如普楼罗、普楼庞庄、普楼莱和普楼兰。瑶族的稻种包括7种白米和5种糯米。早熟品种如表贝恭，中熟品种如表贝，晚熟如表金、表大粱（在赫蒙族语和勉语中，“稻种”一词为音译）。

赫蒙族和瑶族每公顷的水稻品种产量为1.8～3吨。根据稻米的养分含量和对每个地区生态环境的适应性，稻种还被分成了许多不同的组别。当然，分组主要取决于人们的饮食需求和宗教习俗。

沙巴大坪乡大寨村的潘二梅先生说：“我家种有很多普阿水稻，主要用于祭祀和酿酒，也可以用来煮粥给产妇们吃。如果我们不保留这种水稻品种，妇女就很难有奶水抚养孩子。产后妇女吃一碗这种米煮的粥和一只乌鸡，可以起到催奶的效果。”

这里的人们喜欢吃糯米，因为它味道鲜美，营养也比较丰富。不仅如此，糯米在他们的精神生活中还扮演着重要的角色。每逢过年和传统节日，赫蒙族人和瑶族人常吃一种用圆粒糯米煮熟做成的糯米饭，香糯可口。这种糯米还用于供奉祖先和神明。他们通过这种传统、美味的食物传达对神明与先祖的尊重和感激。

按照瑶族人的观念，逢年过节、婚礼等重要场合绝对少不了这种稻米。甚至，有一种说法是“婚礼上没了它，小两口就会生活得不愉快，日后容易离婚”。一些稻米品种至今仍用于赫蒙族人和瑶族人的婚礼，好客的当地人会邀请亲朋好友一起品尝。因此，信仰和文化习俗成为维持和创造沙巴高山水稻品种多样性和丰富性的重要因素之一。

书写在大地上的史诗

阮长江副教授是越南河内国家大学下属人文与社会科学大学人类学系的民族学博士，自 1995 年以来开始专注于研究梯田及与梯田相关的耕种知识等。

阮长江运用人类生态学（人与自然的相互作用）、农业生态系统、农业民族风俗学、可持续发展等理论，对越南赫蒙族人及瑶族人居住的地区进行了实地考察，行到之处包括老街省沙巴的大湾、沙巴、辛寨、青金、中寨、大坪，以及安沛省木江界县的拉班登、制古芽、椰树坪。2015 年他出版了《越南梯田——保护与可持续发展》一书。这是一本关于越南梯田至今为止介绍得最完整、最全面的书籍。

阮长江总结道："梯田耕作除了是一种当地农民的经济收入来源，还是高原民族的文化创造。几百年前，农民手中连最简单的测量仪器和机械都没有，只有蝴蝶镐、撬棍、刀、犁、耙等原始工具。不过他们世世代代都懂得引流取水与收集雨水，让它们顺着蜿蜒曲折的沟渠流淌，把险峻的山坡变为壮丽的梯田。每当欣赏雄伟的梯田时，人们都会感觉它们的主人不仅是农民，还是艺术家，更是建筑师。因为他们需要同时解决平整土地、安设复杂的灌溉系统、种植收割水稻、运输和保护劳动成果等艰巨而重要的现实问题。”

梯田是赫蒙族、瑶族、哈尼族、拉祜族的伟大创造……这些民众在开垦、整地、导水、水稻种植等各个阶段都显示出了高超的科技水平。梯田历史悠久，饱含着人们根据地形和气候种植水稻的民间知识。此外，梯田具有许多文化、历史、社会和科学研究价值，与村庄、人口等方面的形成和发展息息相关。越南民族学博物馆前馆长阮文辉强调：“梯田不仅仅是一块一块的田地，它们还包含种植水稻的经验。如何选择稻种、适应梯田种植，这些都是学问。这就是梯田这一人类遗产的价值所在。因此，有必要鼓励人们不要改变那里的传统作物，不要改变那里的农业生态。”

目前，在越南观光、拍摄、体验梯田开垦和耕种的过程，已成为一个独特的旅游项目。越南哥里旅游股份公司的负责人阮氏乔妆说：“欣赏壮丽的梯田是我们公司当地知识之旅中的热门旅游项目。每次成团，我们都会接待 1 ～ 10 位客人。游客总会惊喜地连连发出赞叹。每一年，围绕着四季变换梯田都能呈现独特的人文自然景观。梯田浇水季（阳历五六月）、青稻季（阳历七八月）、熟稻季（阳历九月底、十月初），梯田开垦的过程——择地、开垦、耕作、收割、新稻仪式就像一个无尽的轮回，生生不息……由于不同的季节不可能同时出现，游客也会成为‘回头客’。他们在一年中遇见很多不同的人，留下很多回忆，学到很多关于当地的知识……这就是文化融合之旅的独特魅力所在。”

文化传承的丰碑

梯田既是当地居民的一种生产方式，也是人与自然和谐共生的产物。梯田有它的生态价值和审美价值，相应的旅游价值也在逐渐形成。所有这些价值都离不开当地农民的传统生产活动。因此，需要以传统方式保护梯田农业这个遗产，让农民继续沿用传统方式开垦耕作。只有坚持传统的劳动生产活动，才能更好地保护传统的农业体系。

梯田既是一种文化遗产，也是一套复杂而有延续性的技术系统，它需要一种得以保存和发展的机制作保障。我们可以创造一个完全不使用化肥、农药，不使用转基因技术的有机农业发展模式，以恢复生物多样性和可持续性，形成亲近自然的农业生产系统。

发展高山地区生态旅游需要重视对自然资源和生物多样性的保护，保持资源利用的可持续性，从而实现旅游业的可持续发展。在这个过程中，保护自然环境和人类生命是我们所要负起的双重责任。事实上，推进生态旅游项目是发展旅游业和农业的一种非常有效的形式，梯田生态旅游也是该项目中不可或缺的一个重要项目。梯田由当地居民创造，他们依靠山地地形，以梯田的形式垦田种地，这既是一个非凡的创举，也是一种文化符号。它体现了人类对山地环境的强大适应能力，甚至可以列为人类的伟大创造之一。梯田耕作传承，为当地经济发展作出了巨大贡献。长期在梯田里劳作的各民族人民创造了独特而多彩的梯田文化，其中包括各种传统保护仪式（保护森林、土地、水源、河流和溪流的传统仪式）、祈求平安的仪式、祈雨仪式、下田仪式，以及与水稻有关的祭祀仪式、新稻收获庆典等。在一个水稻的生长周期里，在种植过程中举行的仪式与水稻从播种到收获的过程密切相关。此外，这些仪式也反映了梯田和水稻在赫蒙族和瑶族人民精神文化生活中所产生的巨大影响力。

叹为观止的自然与人文景观

2018 年 3 月，英国《每日电讯报》读者投票选出的世界上最美丽的 12 个梯田名单中，越南安沛省的木江界梯田和老街省的沙巴梯田入选。“阳光洒在层层叠叠的木江界梯田上，勾勒出令人陶醉的美景。木江界位于黄连山山脉，海拔 1000 米，这里的梯田是越南最著名的国际旅游名片之一，也是越南国内旅游胜地。每逢稻谷成熟的季节，老街省沙巴镇的梯田总是吸引着大批游客、摄影爱好者前来观赏、留影……”

安沛省木江界梯田位于山坡上，层层叠叠，面积达到了 2200 公顷。2007 年 10 月 18 日，位于拉班登、制古芽和椰树坪 3 个乡的 500 公顷梯田被越南文化、体育与旅游部列为越南国家遗迹，标志着这一独特的景观从此正式成为越南的国家名胜之一。

时值纪念沙巴镇开放旅游 110 周年（1903 年 11 月 1 日—2013 年 11 月 1 日）之际，11 月 2 日晚，在沙巴镇中央体育场，越南文化、体育与旅游部颁发了认定沙巴梯田为国家级风景名胜区的证书。越南老街省文化体育与旅游厅正在继续研究和准备相关档案，建议相关文化遗产申报部门、机构向联合国教科文组织提议认证沙巴梯田、黄连山国家公园、石刻和民族文化为世界遗产。

2015 年 10 月 12 日，越南文化、体育与旅游部发布了第 3437/QD-BVHTTDL 号决议，将老街省巴沙镇石坝山谷和梯田列为越南国家风景名胜区。

河江省的黄树腓梯田位于班罗、珊萨霍、班冯、霍头、楠第和通原 6 个乡。这里的梯田被认为是越南最美丽的梯田，在此世居数百年的拉基族人、瑶族人和侬族人开垦梯田的历史凝聚了大量的汗水和心血，创造了起伏于山川之间的壮丽田野。

2012 年 9 月 16 日，河江省黄树腓部分梯田获得越南国家级文物保护证书。

黄树腓梯田距今已有大约 300 年的历史。梯田错落地分布在 6 个乡里，总面积约 3000 公顷，其中有 760 公顷已获准成为越南国家保护遗迹。

拉基族、侬族、瑶族、赫蒙族的人民在高山间挥汗如雨，创造了独特的人文景观。黄树皮梯田也成为河江省最重要的旅游名片之一。

爱情集市

老街省沙巴县“爱情集市”包含了许多有趣的文化意涵，因此吸引了无数来自远方的游客。说到“爱情集市”，就不得不提有着“森林中的并蒂花”之称的赫蒙族夫妇——江阿旺和王氏韶……

“爱情集市”上的民间艺人

追随着当地十多年来的传统，每逢星期六下午，江阿旺和王氏韶夫妇将儿子和女儿送到孩子的爷爷奶奶家后，便会乘摩托车从大坪乡穿越山口，骑行十多千米来到沙巴镇参加当地的“爱情集市”。

在那个承载欢乐的地方，他们可以或多或少地暂时忘却日常生活的烦恼，将灵魂沉浸在悠扬的口弦曲调中。悠扬的歌声在潮湿的空气中泛起层层涟漪……无论他们身在何处，音乐总能把他们带到沙巴石头教堂前的台阶上、镇中央体育场里，抑或是市场潮湿的角落中。他们就像故乡山林里充满野性的并蒂花一般，带着激情与乡音开始了一天的表演。

无论什么时候，如果有感兴趣的游客坐下来听，夫妻俩都会热情地解释这音乐、歌词的含义：它充满赫蒙族山乡的迷人风俗，女孩声声口弦呼唤着爱人到森林倾诉；男孩用欢快的笛声回应她，如孔雀展开的屏，以博得心爱之人的芳心……爱情总是不期而遇，需要时刻准备着取悦每一位来访者：“想与我合影留念吗？那是我的荣幸。想喝一杯像蜂蜜一样柔滑的苹果酒吗？我为何要拒绝！”哪里有欢笑声，哪里就有这对民间艺术家。

来了几十次沙巴的“爱情集市”，我有幸与江阿旺和王氏韶夫妇多次会面，一起欢笑度过美好时光。不过，我对他们最深的印象还是与他们的第一次会面。

那是一个冬夜，沙巴笼罩在清冷的浓雾中。经过一天的跋山涉水，游历了这里的十几个景点后，疲惫的我决定早点睡觉。不过，我躺下之后却难以入眠。辗转反侧之际，呼唤爱人的口弦声从门缝传来，仿佛勾住了我的七魂六魄。我忍不住起身，推开房门。“滴、滴、滴、滴、滴、滴、滴……”急切、温暖的口弦声像一只柔软的手拉扯着我的心房。循声出门的我并没有白费力气……空荡荡的茅草屋顶早已被布置成酒馆，夫妻俩的口弦声和笛声仿若把我带到了另一个幻境中：有时好像来到一起把酒言欢的丰收之夜，看着粟米和大米填满了仓库；有时我感觉自己是一个迷失在爱情里的男孩，失魂落魄地行走在高山梯田，伴随着幽怨的笛声，送自己的情人去成亲；有时我又好像一只雄性孔雀，为了吸引雌孔雀的到来而开屏起舞……奇怪！当王氏韶听到她丈夫轻声吹响叶哨的时候，她竟泪流满面。问了半天，她才坦言，他吹出的叶哨声越美，越会吸引年轻漂亮的姑娘，她们怕是在很远的地方早已听到了……闻言，惊诧的江阿旺连忙澄清。这位赫蒙族男子说自己是世界上对爱情最忠诚的人，一旦结了婚，其他任何女孩，无论多么年轻漂亮，都无法夺走他的心。终于，两人相视而笑，那笑容里充满着爱意……

歌声、曲调、笛声……犹如山沟里流淌的清泉，已永远流淌在赫蒙族人的血液里。然而，并不是每个人都像江阿旺和王氏韶夫妇那样“富有”——没有叶哨和歌声就一天也活不下去。多年来，夫妻俩利用所有空闲的时间寻找老艺人，搜集、学习民族音乐之瑰宝。因此，时至今日，他们已经整理了近30首传统民歌。他们不仅能够娴熟地表演，为远道而来的游客弹唱，还热情地为村里和地区的青年男女传授传统音乐知识。“否则，很多人都再也不会吹叶哨，转身就忘记这种浪漫的求爱方式了。”江阿旺略显得意地说道。很快，我也立即有机会见证他所说的这一切。我看到一个来自吉吉村的17岁男孩江阿桑来找他学音乐，江阿桑也想出师成为一名乐手，这样他就能为家里赚钱换一把锯子。

前来学艺的阿桑让江阿旺想起了多年前“爱情集市”的那个晚上。那天晚上，江阿旺看到一个女孩站在人群中。“第一次看到她时，我正在吹芦笙。我问她喜不喜欢听、喜不喜欢我，但我心里在打鼓……”阿旺回忆道。幸运的是，这女孩回应了他的表白。

几周后，阿旺回到“爱情集市”去见这个女孩，她叫王氏韶。两个人按照赫蒙族夫妻初相识的仪式演奏了音乐。阿旺吹喇叭，阿韶女士用叶哨回应。他们像其他赫蒙族情侣一样，在遇到合适的人时便会一起演奏音乐唱情歌。就这样，去了几次“爱情集市”之后，他们便结婚了。

“我是一个幸运的人，因为我在‘爱情集市’上遇到了我现在的妻子。但我觉得她能遇见我也是一种幸运。”阿旺略显得意地说道。

沙巴的赫蒙族人在开市前一天下午就会出发去“爱情集市”。当天晚上，年轻男女相互认识。他们吹着芦笙、叶哨，拉着二胡，弹着口弦，唱着情歌。江阿旺回忆说：“过去这里很热闹。我们整夜演奏、唱歌、喝酒。看对眼的男女就到别处约会，吹芦笙，拨口弦，吹叶哨，唱情歌。现在哪还有（像过去）这样的集市啊？错过最好的时光了！这不，只有我们七八个老人来这里表演表演罢了。”阿韶在一边补充说道：“来这里就是为了图个高兴。如果你请我喝酒，我就能唱歌给你听。我们每个星期六晚上都很快乐，玩到第二天早上才回家。”

桌上放着一碗温热的酒，我与这对“艺术家夫妻”聊的不仅仅是“爱情集市”，还有赫蒙族神秘但平常的生活故事。

那年，他们才十六七岁，按照老传统结为夫妻，后来在广播、电视和医生的帮助下，他们实行了优生优育的方案，只生了 2 个相差五岁的孩子。他们日常兢兢业业地种植水稻、豆蔻、养猪养鸡……当然，“还有时间每周六去‘爱情集市’赶集玩！”阿韶看着丈夫，有点难为情地笑了笑。

丈夫阿旺又吹响了芦笙，她唱起了赫蒙族民歌：

上了马就不怕打雷，
骑了马就不怕刮风，
一路颠簸共赴情场。
唱歌要拣好歌来唱，
要不你就听别人唱，
开口唱歌就不停歇。

软木树上飞来凤凰，

葡萄晒干了也会长……

离开沙巴，回到喧嚣的日常生活中，民间艺术家江阿旺和王氏韶夫妇给我留下了深刻的印象。

如果您有机会去沙巴“爱情集市”，一定要记得去找这对“艺术家夫妻”听歌啊！

我们正在失去的

2006年，老街省文化体育与旅游厅副厅长阮廷勇表示，老街省接待游客达56万人次，超过计划的1.81%，实现收入2800亿越南盾。

不过，实现旅游创收所付出的代价也很高。从20世纪90年代初开始，游客就涌入沙巴观看“爱情集市”。原本青年男女传情达意的场合逐渐成了游客拍照的场所，最后沦为游客的奇葩消遣谈资。集市前的晚间交流活动从此再也不在镇上进行。

“‘爱情集市’对我来说有着特殊的含义，因为它让我遇到了这么好的丈夫。可现在我不喜欢它了，因为现在很多人吹芦笙只是为了好玩或为了得到游客的报酬。正因为如此，我们正在失去我们传统文化的一部分。”王氏韶遗憾地说。

江阿旺喝了一口酒，打断了妻子的话，说：“我叫她不要再上来了，她不听，说还是割舍不了！我们两口子在沙巴‘爱情集市’上相识，最后登记结婚。不过，现在这个地方和以前很不一样了……”

阿韶对丈夫说道:“我来赶集就是图个好玩，一周都在地里干活，很累，所以每周六过来玩玩，倒也不是为了挣钱去表演。”

虽然已经有了两个孩子，但偶尔江阿旺仍然会含情脉脉地偷瞄王氏韶。酒馆店主对我说:“这对夫妻很恩爱，就是当老公的善妒。有一天，夫妻俩在‘爱情集市’上表演，遇到一个游客，兴奋地跳进去对王氏韶动手动脚，还亲吻了她的脸颊，结果整个沙巴的人都目睹了这位丈夫用含糊不清的方言责骂妻子的场景……他活像一只炸了毛的鸟。”

江阿旺听到别人“指责”他的妻子，转身就抗议道:“既然她这么漂亮，我就得看好，万一跟别人跑了怎么办?！”

夜色将酒映出了象牙色，江阿旺从腰间的口袋中取出芦笙，看着妻子。王氏韶则把手伸进胸前的口袋里，掏出几片林木的叶子。夫妻俩神色淡定从容。

月色朦胧的夜晚，赫蒙族的山歌在山林间奏响。

除了赫蒙族民众，参加“爱情集市”的还有瑶族民众。来自大坪乡的赵四妹 31 岁，她絮絮地说道:“过去，每周六的黄昏，男孩女孩就开始 3 人一组聚集。男孩拿着芦笙，女孩带着雨伞。因为家住得很远，所以（年轻男女）必须在周六晚上就出发，周日早上才赶到。直到周日晚上一切活动结束，大家会互相邀约唱歌直到深夜，有时甚至通宵达旦。瑶族人不会在市场上站着唱歌，而是将带来的毯子和尼龙床单铺在屋前坐着唱歌。有很多人唱着婉转的情歌，但直到第二天早上还是见不到心仪的那个人，竟失声哭了起来……”

2000年以来，当摩托车成为越南全国流行的交通工具后，沙巴的赫蒙族人、瑶族人、热依族人、岫族都方人不再需要从星期六下午便开始出发进城了。周六晚上，人开始变少，也没以前那么热闹了……

龙鼓的倮倮寨

与民族村落相关的文化旅游是河江省2020—2030年的发展愿景和总体规划内容之一。位于同文县龙鼓乡的倮倮寨便是其中的一个典型。

一次神奇之旅

从河江市区到同文岩石高原，这一段旅程神奇而美妙。

山路蜿蜒。我披着长袖衣，沿着陡峭的石坡路一路骑行。路的一边是垂直的悬崖，另一边则是万丈深渊。越往里走，这条路越是神奇、雄伟、诡谲，充满诗意。

倮倮寨位于龙山脚下，紧邻龙鼓旗杆所在地，隶属越南全境最北端的河江省同文县龙鼓乡。倮倮寨距同文县 24 千米，村落房舍排列在一条石板路的左右两侧。这条路从龙鼓旗杆延伸到通往越南—中国的 422 号界碑。据当地老人说："这个村落于 17 世纪末 18 世纪初初步形成，为倮倮族聚居地，故名'倮倮寨'。之后，才陆陆续续有一些赫蒙族家庭迁居至此。倮倮寨现有 96 户共计 453 人，其中倮倮族占 86 户共计 371 人。"

倮倮寨景色秀美，背靠高山，俯瞰宽阔的山谷，迎风而立的群山仿若王座。潺潺的溪流穿过寨子，还有约 0.2 多公顷的天然湖泊调节气温。整个倮倮寨气候宜人，土壤肥沃，四时花草茂盛。水稻、玉米、豆类等农作物丰富，当地村民养的水牛、黄牛、鸡、猪、山羊也都鲜活、肥美。

倮倮寨还是一座天然的传统民族建筑博物馆。这里的倮倮族和赫蒙族房舍都建有土墙，墙厚约 0.4 米，屋顶用瓦片覆盖。辛乙介的家是通往倮倮寨主干道的左侧第一间，出生于 1976 年的他现在是倮倮寨的村长。他的家自 2015 年 10 月开始成了很多游客慕名前往的当地民俗文化旅游目的地。房屋整体先用木架搭建，再用从屋后山脚下挖出来的黄黏土、褐土砌墙。人们通常会把土混合倒进一个木质模具里，四个人站在模具的两头小心地敲打，直到泥土变得光滑紧实。然后，人们将模具抬起，接力将泥土拍打平整。一所房舍往往需要十几个人花一个月来完成。建成的房舍坚固，表面光滑且冬暖夏凉。木桁架的制作则相当简单，一共立三排柱子（分为支撑屋顶的承重柱、前梁柱与后梁柱），这样一来，横梁、纵梁和立于柱顶的木桁架结构就做好了。由这种结构支撑在土墙框架上的房子非常坚固。建房用木是生长在附近石山上的好木材，非常耐用，木种有石松、檀香木……根据当地传统建筑的结构，一座房舍通常只有三个隔间，不出意外只会有两个木桁架。两面山墙隐藏在柱子之上，桁架立在墙上。房子中间一扇为正门，左边一扇侧门通往花园。中间有一个房间，两侧各有一个隔间。右边的隔间是长辈的住所，中间的房间是接待客人和举办红白事的客厅，左边隔间则是晚辈的住处。楼上为客房及放玉米、豆子、木薯等食物的仓库。辛乙介的房子是为接待游客而改建的，所以有四间独立的房间和四间通铺房，最多可以容纳 40 位客人。每周四到周日，辛乙介都会招待来自国内外的游客。每个来的人都受到了辛家的热烈欢迎，并如愿体验了一把当地的民俗文化。

绕着村子走一圈，游客们会被五颜六色的墙壁、房舍所吸引。不仅房子很漂亮，周围用黏土和石头筑成的外墙也很古朴美观。一堵坚固的墙可以遮挡雨水和阳光，在四季轮替中保护居民，而且还围成一个小花园，让小鸟、蝴蝶、蜜蜂在这里筑巢、繁衍。推开木门进入院子，满院的桃树、杏树、李树……树与树之间挂着倮倮族人的晾衣绳，上面正晾着色彩斑斓的倮倮族传统服饰，也有赫蒙族的青黑色系服装。廊檐下的一排排椽子上挂满了成串的玉米、黄豆……好一幅和谐多彩的风情画卷。

39 岁的尤乙战和 38 岁的陆氏文一起经营的“北极咖啡馆”，是每个来倮倮寨的人最喜欢去的地方。我坐在门廊喝茶，76 岁的蒙氏贵老人（尤乙战的姨妈）指着她面前的群山，给我讲了一个传说。相传，倮倮村的王山时为同文县的四大关口之一，原比龙山还要高，富庶到年年石头缝里都会开花。法国殖民者攻占倮倮寨之后，毁山伐木，修建地堡。当他们斩断王山龙脉时，忽见一对白鸟飞起，鲜血在倮倮寨流了整整一周。自那以后，倮倮族人便过上了穷苦的生活。

关于地势的传说、龙脉的传说、地名的寓意，以及村名的传说，都根深蒂固地埋藏在人们的潜意识里。当地老人总是以一股神奇的亲切感和感染力一遍一遍向客人诉说。至今，村里的老人还经常给他们的子孙们讲述神龙的传说。神龙出现的地方叫龙山（也就是今天龙鼓旗杆所在的地方），两边的两面湖就是它的一对龙眼。倮倮寨的村民有龙山庇佑、龙眼湖供水，从几户人家发展成为人丁繁盛的村落。“龙鼓”是在倮倮语中是一个地名，意思是龙居住的地方。传说，从前有一条龙从天而降，栖息在该地区最高的一座山峰上。神龙陶醉于雄伟的山景之中，似乎对这座宅邸十分满意。神龙眼见此处水源短缺，百姓生活苦不堪言，心生怜惜，所以在飞升离去之前，留下了自己的眼睛，作为对村民的馈赠。神龙的眼化作两面终年清澈湛蓝的湖泊，永不干涸。一面湖水属于倮倮寨，另一面则位于赫蒙族居住的田万村。

山区之花

荞麦是一种软茎植物，花期时会长出白色或粉红色的细小花朵，其花瓣簇生成圆锥形，3 个面呈三角形。荞麦是同文岩石高原上一种带有些许诗意的植物，人们至今仍种植它用来饲养牲畜和家禽。在旱稻或玉米的收获季节过后，为了在明年播种季节到来之前不让土地空置，人们通常会撒播荞麦种子以获得牲畜的饲料。如果不是年轻的旅人无意间发现了越南最北端的美丽花田是如此质朴与迷人，也许它还继续沉默地绽放在村舍四周。随后，社交网络和媒体将荞麦花冠以“山区之花”的名号。河江省的领导们抓住机遇，让荞麦从一株简单的植物变成了一棵“观光树”。

荞麦花正在成为河江省全省旅游发展战略中的优势作物，它带来的旅游资源优势明显。当地人依靠荞麦花花季观光所得到的收入相当可观。2015 年，为贯彻落实河江省全省旅游发展政策，该省各级部门动员群众种植荞麦花，并给予种子和化肥方面的支持。过去，同文县岩石高原四镇村民的耕地主要用于种植一年一两季的玉米，平均产量每公顷为 4 ～ 5 吨。

玉米售价每公顷从 1800 万越南盾升到 2200 万越南盾，减去开支，农户仅剩 800 万～ 1000 万越南盾的年利润。2015 年，随着河江省实施荞麦花种植政策的实施，种植荞麦花家庭的年收入升到 1000 万～ 1500 万越南盾。由于每一株荞麦培育只需要两个半月的农闲时间，故种植荞麦的经济利润很大。

如果说过去人们只是为了饲养牲畜才种荞麦，那么现在他们则因种植荞麦有了额外收入。荞麦种子可卖给糕点房加工成糕点，茎杆可当作蔬菜；前来参观、拍照的游客，也给当地人带来了收入，这便是这种农作物带来的最明显收益。为了打造吸引游客到同文旅游的其他亮点，该区域还制定了在主要道路和景点种植景观植物和季节性荞麦花的计划；并且通过独特的方法生产和加工具有地方特色的产品，如用荞麦粉做成料酒、糕点、糖果，用荞麦菜加工成菜肴（煮汤、炒）……

2015 年，同文地区等来了荞麦花节。从同年 10 月开始，来自世界各地的游客成群结队纷纷翻过山口，探索高原。游客在荞麦花田里拍摄留影。许多去河江旅游的人也会带几袋荞麦种子回去送给亲朋好友。越南北部也有很多地方开始学习河江，种植荞麦花，打造景观，吸引游客。

在辛乙介家吃了一顿热气腾腾的饭菜，当看到荞麦酒和荞麦菜汤时，我们受到了触动。辛乙介笑容灿烂地说道：“今天大家和荞麦花拍了不少照片，今晚你们喝点荞麦酒，吃点荞麦菜，看看味道如何。”荞麦菜口感细软清香，果然有着当地泥土的气息；用荞麦籽酿造的酒入口顺滑，香气扑鼻。第二天走的时候，辛乙介还给我们每人打包了一斤荞麦种子，让我们带走，说看到它就能想起河江。我们再次来到荞麦花田，层叠起伏的花海令人流连忘返。

河江省文化体育与旅游厅厅长黄文坚曾欣喜地表示："2015 年，河江省高原四镇的荞麦花季成为吸引国内外游客的重要因素。截至 2015 年年底，河江旅游人数达 76.26 万人次，比年度计划增长 8.9%，比 2014 年增长 17.3%。其中，国际游客人数达 145789 人次，国内游客达 616833 人次。游客总收入估计达到 7080 亿越南盾，比 2014 年同期增长 18%……"

挖掘当地旅游潜力，在不流失传统特色的情况下提高生活水平；保护倮倮族的传统文化之美，并以此吸引游客，发展旅游经济……这两点在今天依然是当地人主要的发展目标。

热恋倮倮寨的日本人

那个日本男人给人留下的最深刻的印象便是他的热情、努力和财富。

认识小仓靖先生是个偶然。我在一个社交网站上看到一个朋友在龙鼓倮倮寨的两间民宿里拍的一堆合照里有他。恰巧，我刚刚带客人在那里住了一个星期。看照片，他和我一样文质彬彬，并且同样对民族文化感兴趣。基于此，我向他发出了好友请求，他很快通过了。他看了我发给他的照片，并点了“赞”，然后发短信问道:“你也在学习倮倮族文化吗？”就这样，我们由于志趣相投，渐渐亲近了起来。

原来，我热恋的倮倮寨也留下了这位日本好人的足迹。他叫“小仓靖”，1957 年出生于日本东京。

小仓靖第一次来越南是 1995 年，他在充满活力而富有现代气息的胡志明市进行了为期一周的游览。此后，芹苴市的河网交织、瓜果丰富、人文淳朴吸引了他。从那时起，越南就成了这个在东京一家会计师事务所担任人力资源经理的男人每月必到的目的地。他因此下定决心学习越南语，每个月都要来越南待一到两周，到处走走。后来，他在越南找到了一份有趣的工作。每次访问期间，他都会安排时间到河内市的外语中心教授日语以赚取一些兼职收入。与此同时，他也能借机会接触到越南人以提高自己的越南语水平。

“越南有 54 个民族，而且每个民族都有自己独特的文化……这让我感到非常兴奋。”小仓靖说道。

河江因其雄伟的自然景观和居住在这里的 22 个民族而成为小仓靖越南之旅的固定目的地。出于对这片多民族高原的热爱，小仓靖于 2014 年正式扎根在了龙鼓旗杆脚下的倮倮寨。“在越南，我看到瑶族、赫蒙族、岱依族……每个民族都有一个地方可以保存和推广他们的文化，但倮倮族还没有。每天都有很多外国游客来参观龙鼓旗杆，却不知道去哪找一家不错的咖啡馆坐下来吃饭、休息放松……”小仓靖说道，“没有什么比传授知识让人们参与其中并改变他们的生活更美好的事情了。”这是小仓靖支持倮倮寨的倮倮族人开咖啡店的最初想法。不错，咖啡馆也可以是一个保存民族文化的地方——一个倮倮族文化的陈列厅。

在村子里转了一圈后，他发现尤乙战夫妇家的位置最适合开咖啡店。

尤乙战家里有 5 个兄弟。当小仓靖先生分享他的想法时，有些人并不同意。小仓靖先生很冷静，他耐心说服阿战一家克服顾虑。他投资 2 亿越南盾购买家具，建造了两个化粪池。他从河内聘请了一个叫“阿文”的女孩到倮倮寨，并用一周的时间教阿文常用的英语口语；他还教她煮咖啡、泡茶、泡柠檬水，教她端菜……渐渐地，阿战家人对开咖啡馆的信心大增。

在这个国家最北端的迷人村寨里，人们在这样一个精致的咖啡馆坐下来放松，喝杯咖啡、品杯茶，看着山间重叠的土墙、石墙、木质的房屋，听着点酒时铃铛的声响……看倮倮族人骑在牛羊的脖子上，织锦、纺线、酿酒、制作手工品……与他们亲切交谈……这些善良、诚实的人真的很有趣！

北极咖啡馆是游客游览龙鼓旗杆不可或缺的一站。一拐到旗杆入口处，就可以看到显眼的店内招牌——两个倮倮族娃娃笑靥如花迎接来客。小仓靖分享道："来到北极咖啡馆打卡的游客将有助于帮助人们了解倮倮寨的旅游潜力，间接改善村民的生活，同时又不会使他们失去自己的本色。这样做，既能保留倮倮族人的传统文化之美，又能利用这种美来吸引更多游客。发展旅游经济是当地人民改善文化生活和精神生活的可持续性方式。发展旅游业可以使倮倮族人甚至同文地区各民族的淳美民风民俗得到传承，将来也才有机会保存下来。"

继北极咖啡馆之后，小仓靖先生再次出资 9500 万越南盾为辛乙介的家人建造了一座面积约 0.054 公顷的房子，用于发展民俗文化旅游，也用作慈善事业，以促进当地经济发展。

有一次我曾约好在倮倮寨和小仓靖见面，但因我忙得不可开交而取消约会。我发信息向他道歉并表示遗憾。他回了我一条安慰信息："你优先考虑你的工作为上。我每个月都会去越南的。"果然，倮倮寨所有村民最期待的便是每个月第十天——小仓靖回到越南的日子。小仓靖没事就会绕着村子转，有时候会教开餐厅的怎么和客人沟通、怎么摆饭盘，有时候会出钱帮助当地人家搬走牛棚以保证卫生和景观整洁……这个日本男人每个月都会从东京飞到河内，转两趟车再骑摩的回到倮倮寨。“路漫漫其修远兮”，但小仓靖说，只要看到自己的工作能帮助到人，他所有的疲惫都会烟消云散。

60 岁的辛乙拜老先生是倮倮寨的首席巫师，听到我问起小仓靖，他笑得很开心，说道：“哦，他一直在倮倮寨。他跟着我走遍了全村，走访民宅、拍铜鼓、看织布……大家都很喜欢他。”

民俗文化的现代蝶变

自然景色美，倮倮寨的人更美。

辛乙介骄傲地说道：“倮倮族人勤奋好学，很多人都取得了大学文凭。从倮倮寨出去（工作）的人是整个龙鼓乡八个村出干部最多的。”由于父母早逝，辛乙介只能和舅舅相依为命。家境贫寒的辛乙介只读完了八年级。不过，后来他开始自学，2002 年通过考核当上了龙鼓乡农技推广员，后来担任了倮倮寨村长。村里游客众多，村民工作勤奋，渐渐变得见多识广起来。辛乙介抓住这个机会，开拓了倮倮寨的民俗文化旅游模式。

倮倮寨的文化底蕴和旅游资产十分丰富。体验当地人的耕作习俗一直是一个独特的旅游项目。这里的民族主要采取刀耕火种的方式开垦梯田，并使用间作、轮作，在岩穴土上进行耕作。“能”（倮倮语音译）是那里最常见的一种农业生产类型。根据每种耕作方法，“能”有许多不同的类型：在旱地采用棍子戳洞，在高坡上则使用旱地锄犁地或平地。倮倮族人流行的旱地耕作方式是岩龛耕作。由于生活在石灰岩山区，耕地稀少，因此倮倮族人擅长将贫瘠的石洞变成郁郁葱葱的绿色玉米田。通过农耕技术，我们可以了解倮倮族人世代相传的传统农业知识。例如，倮倮族人在田间捡起石头，将它们放在岩层之间的缝隙中，形成一个小的壁架，以保护耕作位置的土壤，避免在下雨和发生洪水时地块被水侵蚀。每年农历一月底二月初，倮倮族人就要开始开凿石穴，开垦耕作。他们通常分成小组进行，每组四人：第一个人负责挖坑，第二个人负责播种，第三个人负责施肥，最后一个人负责填坑。挖坑开洞比其他步骤更费力，所以成年男人通常会主动承担这个工作，妇女、老人和儿童则负责接下来的步骤。每个孔穴会播撒 3 ～ 5 颗种子，以防老鼠或昆虫来偷吃。岩洞栽培的常常是不同种类的植物间作。除了耕种务农，倮倮族人还烧瓦、做木工、从事刺绣等传统手艺，主要服务于当地社群的需求。

倮倮族服饰别具一格，色彩艳丽，纹饰考究。男装为黑色长裤，黑色长衫及膝，两边开衩，纽扣在右腋下。男士们常在头上系一条方巾，并将结打在脖子后面。对黑倮倮女性而言，她们的服饰为方领套头衫，上衣周围绣有鸟图案，宽大的袖子搭配各种颜色的环形绣纹，一块覆盖臀部的长方形织物和缠绕在小腿上的绑腿是很明显的标志……花倮倮妇女则穿着圆领衫、开胸，袖子与不同颜色的环形织物相连。与黑倮倮妇女不同，花倮倮妇女裤子的纹饰更多。虽然两者略有不同，但倮倮族女性的服饰都非常漂亮，做工考究，衣物上普遍都装饰有三角形、方形及豆蔻等形状的图案……倮倮族女装还会在服装上添加银、铝质的首饰。其服装的制作难度很大，一件正式的外衣通常需要花两三年的时间才能完成。先用红色布料打底，然后绣上白色、粉红色等纹样进行装饰。倮倮族男裤和女裤的设计几乎是一样的，区别只是男裤使用腰带，女裤使用背带。由于传统礼服会配以银饰，并以手工制作，售价有时会高达数千万越南盾。

倮倮族人有民歌这样唱道："人美定要看衣衫 / 锦绣陪衬美婵娟 / 人们终生为刺绣 / 村村寨寨俏无边 / 村村寨寨俏无边 / 四邻八乡若天仙 / 生而为人美如斯 / 他日死去亦体面 / 赞美苍生与祖先……"

倮倮族最独特的民俗便是祭祀，这是倮倮族特有的传统仪式，其中以龙鼓乡倮倮寨的倮倮族最为典型。

祭祀先人的仪式于每年农历七月十四日举行。按照倮倮族的风俗，去世了三四年的老人会由这家的长子设立祖坛祭拜。主祭将亡灵接引到坛上，用一块人形木片作为牌位进行供奉。倮倮族人认为祖先诞育了家族，受祭对象分为距今三四代的近祖和距今五代以上的远祖。倮倮族常在堂屋的正墙前设置祖坛，供奉木人像，将这些木制人像插在坛上或坛上方的墙上，相信它们可以接引先人的灵魂。虽然家家都设有祖坛，但倮倮族的祭祖仪式一般都须由一家之主主持，相关祭祀的物品也由家族成员提前准备好。按照习俗，举行仪式时，由一家之主负责统筹规划，家族成员须各司其职配合完成。祭祖的必供品有：牛一头、猪一头、鸡一只、糯米、酒、铸币（由于越南已全面实施纸币，视情况而定）、油灯、铜鼓一对。通常，普通家庭需要耗费一年时间准备供品。

准备举行祭祀仪式时，一家之主必须请来村里的巫师（一家之主自己是巫师的情况除外），并派一名男子借来一对铜鼓举行仪式。这对铜鼓是整个寨子共有的神物，母铜鼓体积大一些，公铜鼓则相对小一点。鼓只有在寨里或宗族有重大节日或举行祭祀时才会请出来由专门的鼓手使用。倮倮族人会请人打扮成“草鬼”的模样跳舞祭祀。“草鬼”装扮好之后，舞蹈便随着铜鼓的敲击声开始，直到祭祖仪式结束。在倮倮族的祭祖仪式或丧葬仪式中，必须有人扮作“草鬼”跳舞。他们认为，自己逝去的祖先与一种叫“草鬼”的神秘存在在一起。祭祀当天，如果要接引祖先的灵魂，就必须要有“草鬼”引路，而作为后世子孙得见这个引路者。倮倮族的祭祖仪式总体包括祭祀仪式、追思仪式和告别仪式三个主要部分。

此外，倮倮族人的结婚、葬礼、祈雨、祭土节、新稻节、农历新年、清明节等庆祝仪式也非常丰富多彩。倮倮寨村长辛乙介绍说：“现在的年轻人都外出上学了，对保留和传承倮倮族民俗的兴趣不太大。不过我们依然在努力向年轻一代传授倮倮族人的风俗习惯，其中像民间舞蹈，就包括茶奴舞、登高地舞、除草舞、稻谷歌舞、丰收舞、纪念舞、森林崇拜舞、布织舞等。我们也打算将本民族的新年歌曲、婚礼庆典歌曲传授给孩子们。”

倮倮寨风景秀丽，这里的人们仍保留着他们独特的文化遗产。随着公路系统逐渐完善与便利，连接龙鼓乡区域内乃至邻近乡村的旅行景点也形成了有效的串联（如龙鼓旗杆、浦告市场、宋拉乡龙干涧村的房舍与荞麦花田，还有漫山遍野的马勒花田……)。倮倮寨发展民俗文化旅游有很多优势，潜力巨大。

每年，田园风光旖旎的倮倮寨都会吸引不计其数的游客前来观光游览，相应的服务业和旅游业的配套设施也逐渐发展起来。村里建有 3 个旅社，还有 3 个专门为游客服务的地方特色小厨房。倮倮寨正按照越南国家有关标准积极建设新农村。全村 100% 的农户已拥有永久性住房，房屋铺设了水泥地板，干净整洁……

穿越云端的芦笙曲

居住在河江省同文岩石高原的赫蒙族老人称自己“富在深山有远亲”，随即又笑着解释说自己并非真的有钱，只是热爱吹芦笙而已。他认为，自己能从事这个行当是祖先的恩泽，使他即便不出这大山也结识了很多人。虽然他没有钱，但他却有取之不尽、用之不竭的音乐的才华与财富……

天选之子

宋斋乡是同文县最贫穷的地区之一，和碑村则是宋斋乡最贫穷和偏远的村庄。而我们要找的人就住在和碑村最远、最高的地方。

“那里连电都没有，挺远的，你过去爬山就要爬半个小时。”听着宋斋乡人民委员会主任李美宝先生的话，我反倒更急切地想前往那里拜访了。

我们的车在水泥路上行驶，突然发出“咚”的一声巨响。“这路太难走了！”开车的普景抱怨道。汽车上下左右一路颠簸，不敢加速。李美宝先生说的“挺远的”不过也才 2 千米的路程。当我们抵达和碑村之后，更为难走的路迫使我们不得不把车停在路边。我们两个人一前一后开始沿着一条石子砌成的上山小道攀爬。这条路边长满了紫色的薄荷花、白色的小雏菊、黄色的油菜花、红色的苋菜花、绿色的五味子花……五颜六色的花海引得蜂蝶翩飞，恍若仙境。半小时后，有点疲惫的我不时低头看路，走得愈发小心，双手放在肚脐下（走路不摆臂也是跟当地赫蒙族人学来的一个省力方法）。我停下来休息，抬头看到一片绿色的竹林。“这竹林长好之后，可以砍下来做芦笙管。二三月份的时候，这里的笋子最好吃。”阿宝絮絮地说道。我点点头：“这老人家挺会选地方的，既便于工作，环境也很美。”

我们在一座只有 7 处房舍的村庄前停了下来，四周环绕的灰色猫耳石山上生长着翠绿的竹林。居住在与天接壤的地方相当符合苗族人的本性，比邻而立的便是直插云霄的山峰。这里的房子很漂亮，它们都是按照传统的赫蒙族建筑风格建造的——石栏、木门、石道、土墙、阴阳瓦屋顶缺一不可。7 所房舍正中便是赫蒙族老人刘茶果的住所，他是宋斋乡最有名的芦笙传承人。刘茶果正坐在门廊上制作芦笙，屋外墙上也挂着几把做好的芦笙，周围放着铁砧、锤子、刨子、小刀、石松木、竹子……

见有客人来，老刘高兴地起身拿了椅子、水、酒和水烟筒招待我们，然后开始一边操持手里的活计，一边同我们用赫蒙族语愉快地聊起了天。

老刘今年 69 岁。和其他赫蒙族人一样，他喜欢吹芦笙。在 14 岁时，他买了人生中第一把芦笙练习吹奏。此后，无论去集市、去葬礼、去参加节日，他都会带着芦笙，边学习边演奏，技艺精湛后依旧如此。一切恰如上天安排好了似的，他的屋子周围可以就地取材的石松、竹子、老化篙皮等物都是制作芦笙的原材料。不吹芦笙的时候，赫蒙族人就把它们挂在屋子的墙上。屋子里没有照明，芦笙上的气孔总会吸引蚂蚁和蜜蜂来筑巢。有一次，取芦笙的时候，老刘看到笙管成了“虫窝”。无奈，他只好把买来的芦笙拆下来清洗。从那时起，老刘便萌生了自己制作芦笙的想法。

老刘拿起身边一节泛着金色的竹筒，手中握着一把锋利的刀，固定好位置之后再用刀脊将楔子轻轻敲入每根竹管。他眯着眼睛侧耳倾听，面容安静而专注。“最长和最短的竹管用来保持送气的节拍，而其他大小管则用于高音和低音的演奏。”他解释道。

赫蒙族芦笙包括 6 根不同长度的竹管，正中安插在一个葫芦状的声斗上。声斗上部较小的部分与另一根竹筒相连，形成一个鼓风笙斗。每根横向竹筒上，穿过声斗的地方都会安装一个小铜簧。靠近葫芦状声斗的外侧，则会凿开一个穿孔。为了使所有管子发出准确的乐音，制作者会将手放在管子的气孔上，吹入空气，使簧片振动发出声音。吸气时，簧片会因气流而发出声音。不同长短、不同大小的竹管的乐音高低则不同。特别是最短和最长的管子会装置两片平行的簧片，控制送气和旋律的节奏。吹的时候，气孔无论是关闭还是打开，这两条竹管都会发出声音。赫蒙族芦笙使用的基本技法是双手捧持笙斗下部，拇指、食指、中指分别按左右两排笙管音孔，根据旋律节奏拍、按、压、松，可演奏重叠和弦与和声等。

为了制作一把优质的芦笙，手艺人需要练就极强的耐性，因为每一道制作工序都需要耗费大量的心血。

石松木、竹筒选好后，经过初步加工，便要放在阁楼上晾干，这样做出来的竹筒既能防白蚁，又能防霉斑。等到日晒结束，便可取下来钻孔。处理过的竹筒嵌入声斗的精度高、缝隙紧、不漏风。石松木风干一段时间后，将其磨平、锯成两半后挖空、打孔，组装成葫芦状声斗（共鸣箱）；将竹签剪一小段（两端开槽），在距离竹节 3 厘米处安装上铜质簧片。我仔细量了各种长短竹筒的长度，它们分别为 25 厘米、30 厘米、45 厘米、70 厘米、75 厘米、100 厘米。我在老刘的指引下，试着把每一根竹筒吹得发出“咚咚”响的声音。一会儿老刘让我停下来，并解释道：“吹气重要的是先要测量一下声准，然后根据你需要的声音高低修剪它的长度。”

在赫蒙族芦笙制作的过程中，最重要的是制作和安装簧片。制作安装这种铜质的簧片的容错率很低——材料必须选择纯铜，先将其放到火上熔化，打成薄片，然后用小尖刀的刀锋切割成直线以分离出大小合适的块状并形成一个切口。“做芦笙最难的是在每节声筒上安装簧片，因为它决定了芦笙声音的好坏。安对了，声音会很清亮；安不对，哪怕安松一点，就会噼里啪啦发出杂音。”老刘总结道。因此，在每安一块簧片时，老刘都要反复吹上十几次，气息由轻到强，以测试音准和音质，再逐寸进行微调，这才能使音管发出准确清亮的乐音。把音筒全部装进声斗后，老刘又拿来化篙皮线，一圈一圈将它们箍紧，这样既起到加固又起到装饰的作用。如此复杂的制作工序，对熟能生巧的刘茶果来说完成它需要一整天的时间。

检验一把好芦笙需要吹奏，这就一定要求吹芦笙的人与制作芦笙的人灵魂投契。必须真正热爱芦笙，才能做出令他人也满意的乐器。像老刘一样勤学苦练，也花了整整一年才基本掌握了制作工序，做出一把漂亮的芦笙来。至于能不能在听芦笙演奏的时候用敏锐的耳朵判断它的成色，对大部分民间艺人来说还要再搓磨两年。

制作芦笙是个特别讲究的活儿。老刘在心里不痛快的时候，就会找个朋友过来喝酒吃菜倾诉一番，把这口气捋顺了，才会开始工作。所以，他制作的每一把芦笙都是独一无二的。2017 年，他只做了 40 把芦笙，小的卖 150 万～ 200 万越南盾一把，大的需要开价 350 万～ 400 万越南盾一把他愿才卖。

严师出高徒，在老刘 55 年被称作“春风化雨”的传艺生涯中，他一共收了 4 个徒弟，其中有 2 个已经过世。他最得意的门生是同文县云寨乡的沈派辛。老沈也是一位赫蒙族老人，61 岁才来老刘家当学徒。“我在刘老师这里学得很仔细，尤其是最难的调音这一块。不过在自己钻研了一个星期后，我就可以自己制作一个简单的芦笙拿去卖了。”老沈说道。谈到这个特殊的学生，老刘就像谈起他自己的故事一样兴奋。从事这个行当肯定是要有心、有天赋才能出师。老刘虽然生了 3 个儿子，但没有任何一个儿子向他提出想学习制作芦笙。对此，老刘倒也不以为意。

李美宝先生介绍说：“当地人制作芦笙再卖给游客并不难，而且已经有很多人这样做了（一把芦笙一般售价在 20 万～ 50 万越南盾）。不过，制作芦笙卖给赫蒙族人用在葬礼、婚礼、节庆活动的，整个宋斋只有刘茶果是公认的第一名。刘茶果制作的芦笙音准好、音色美，用上几十年也不会坏。”

留住民族之根

凿、磨、刨、锯……整整忙活了一个小时，刘茶果才歇了歇手，把挂在墙上的芦笙取下来吹奏了一曲。顺便提一句，我最喜欢的赫蒙族芦笙曲是在当地人的葬礼上听到的。老刘笑得灿烂慈祥，将嘴唇贴紧吹口，吸气，再徐徐送气。霎时间，蝉声、琵琶声，还有扑簌簌的振翅声……缓缓升腾，盘旋着，一时如牛车吱吱作响，一时如妇孺窃窃私语。

哦，死去的人啊普卡纳！

快快起来做早饭。

普卡纳，快醒醒！

拿走这九杯茶，九杯水，

三杯满，三杯空，省得鬼马来偷吃，

省得斑马偷喝光。

快快起来吃早饭……

在赫蒙族葬礼上吹奏的芦笙曲是最美妙的芦笙组曲，充分表达了死者寻觅祖先的旅程。组曲包含芦笙演奏部分和人声唱和部分，内容有指路之歌、临终之歌、骑马之歌、早餐之歌等。

关于芦笙的由来，在当地流传着这样一个故事。据说很久以前，江家有兄弟六人，个个都擅长吹笛。他们合奏的笛声交织在一起，高亢、嘹亮，听着像风中的树叶随风飘扬、像山顶上的流莺婉啼、像林中的瀑布奔流。每逢新米节、高涛节（赫蒙族传统谢恩节）、葬礼、婚嫁……村民们都会请来江家六兄弟吹笛助兴。后来，江家兄弟一个个都结婚了，甚少有机会聚齐，合奏的天籁之音也因此变得荒腔走板。为了解决这个问题，六兄弟商量着做一个统一的乐器：大哥设计了葫芦形的声斗，二哥设计了最长的笙管，三哥、四哥、五哥、六弟分别设计了其他的笙管。六根笙管长短不一，分别代表六兄弟，然后通过葫芦形的声斗组装起来。他们将其命名为“芦笙”，一种新的乐器由此诞生。

当芦笙的旋律响起时，那奇异的和鸣与风、云及雄奇的山脉交织在一起，多层次的迷人音乐也随之震动听者的心灵。芦笙就像是一个文武双全的男青年，而驾驭、演奏它的人也必须练就一身过硬的本事。每逢年节，芦笙的旋律总是萦绕不绝，赫蒙族青年男女因芦笙而相识、相爱。十五六岁的赫蒙族少女已经懂得跟随芦笙的召唤，如果她接受对方的爱意，就会用叶哨来回应，然后悄悄地来到情郎身边唱道：

……哎，阿哥！

你从哪里到此？

辽阔的山脉和森林

会让我们喜结连理。

这时候，吹着芦笙的男青年立即回应道：

我们日夜一处对歌，

难道明天就要分别？

我只听从我的内心……

然后，男青年和伙伴一起伴随着芦笙的旋律轻声唱道：

下雨滋润鲜花朵朵，

烈日炙烤花朵干枯。

我很高兴能见到她，

和她一起永远爱她……

芦笙的旋律吐露出赫蒙族多愁善感的少男的相思愁闷。

芦笙是赫蒙族人生活中不可或缺的一种乐器。它的使用方式多种多样：在典礼音乐中体现神圣，在祝贺佳节时欢欣鼓舞，在呼唤朋友时活泼欢快，在悲伤忧愁时落寞哀婉……

芦笙乐手有时为唱歌的人伴奏，有时为热烈舞蹈的人助兴。我们在高原上最常看到的是在山脊、在溪边、在林荫道旁……赫蒙族女孩为已经陶醉于演奏的男孩撑伞的画面——“回荡山林，芦笙声声呼唤着你 / 随心起舞，乐曲掀起阿妹黑伞”。

河江省文化、体育和旅游厅原厅长、音乐家阮重商介绍：“赫蒙族芦笙虽然只有 6 根笙管，却可以演奏五线谱里面的 7 个音符。它是一种多声部乐器，音色层次分明，略显尖利但很有力量。它的音调通常在一个八度以内，每根管子只发出一个乐声。一些民间艺人将赫蒙族芦笙改进为八管、九管（大多保留六管），有的也会封闭部分气孔以创造更多的音调和更广的音域。芦笙也是可以做多声部和弦的，从很远的地方就可以听到它多彩的旋律。其音色变化多端，风声、溪水声、鸟鸣声、长臂猿声等都能尽数模仿。芦笙乐曲通常以 4/4 拍或 2/4 拍的为主。据统计，当地一共有 360 首乐曲。另外，赫蒙族的大部分文化知识和记忆都保存在芦笙乐曲当中。芦笙乐曲分为初乐、小乐、中乐和大乐 4 类。芦笙乐曲主要表达赫蒙族人的精神生活，只有一小部分是纯艺术性的。”

芦笙也是一种舞蹈的道具，其结构适合人体进行拱背和旋转舞蹈姿势。许多赫蒙族男孩在草地上、土地上抱着芦笙跳舞，舞姿优美。他们耸肩、踱步、转步，甚至抱着芦笙在地上打滚。熟练的芦笙舞者可以表演许多风格各异的舞蹈，如在树根上跳舞、在方形木桩上跳舞、在穿过溪流的圆木上跳舞等。据研究人员介绍，芦笙舞共有 33 种舞蹈动作组合，如跳、连跳、换位、原地转身、移动转身、耍笙、转球、转脚跟、斗鸡式合舞等。其中最主要的是原地脚跟旋转，舞者会沿着鞋跟大幅度呈螺旋状旋转。芦笙舞雄壮却又不乏诗意，野性又独具亲切感，和赫蒙族人既豪放不羁又多愁善感的性格如出一辙。

不论贫富贵贱，几乎所有的赫蒙族男子都以擅长芦笙演奏而闻名。如果说剑客不能没有剑，那么赫蒙族人则不能没有芦笙。民族学家尹清曾评价说“赫蒙族的生活离不开歌声”“以乐传情、以歌传情，这几乎是每个赫蒙族青年男女的本能”……赫蒙族音乐民族志学者洪涛对此做了详细的描述：“只要看看赫蒙族男孩寻找情人的方式，就可以看出音乐对这个民族有多么的重要。”传统的赫蒙族男孩通常会在晚上在他心爱的女孩家附近的森林边炫耀他吹奏芦笙的技巧，进而找到一个生活伴侣。乐声阵阵被风吹散，爱的使者征服了少女的芳心。在集市和节日里，赫蒙族小伙吹奏表演，周围围满了观众，尤其是赫蒙族姑娘，她们侧耳倾听，“鉴别”着小伙的灵魂和才华。如果他的芦笙、口弦足以唤起少女心中的震颤，足以激起少女心底的涟漪，那么一对有情人就在天地的见证下心意相通了。

满市皆醉酒未干

有赫蒙族人聚居的地方就少不了热闹的酒市，其中，最有特色的莫过于河江省苗旺县的酒市了。提到酒市，当地人无不拍拍胸脯自豪地说:“我们这里好酒管饱，满市喝醉都喝不干！”

超级酒馆

苗旺市场每周日在苗旺县的一个被石山环绕的宽阔山谷里举行。一排酒铺围绕市场做买卖，自然分成四五个区域，长约 500 米。有个区域按塑料桶卖白酒，每桶能装近 20 升。买得多的人须骑摩托车才能把酒运回去，每车能装 4 ～ 5 桶。

酒市是当地女人的世界。她们把塑料酒桶一个接一个整整齐齐摆成一长排。有人把背篓反过来，当成凳子坐在上面售卖。当然，也有人直接就坐在自家的一桶酒上开始叫卖。每个人都带着一个小塑料勺子，攥在手心。当客人经过时，她们都微笑着挥挥手，招呼道："买酒哦！" 见有人停下来转身，她们便会赶紧把勺子伸进罐口，舀出一勺酒。客人伸手接过，看一看；端到鼻前，闻一闻；再端到嘴边喝一口。顿时，酒气上鼻，刺激味蕾，接着酒精蔓延到整个口腔，然后顺着喉咙缓缓咽下。酒顺着食道往下流，整个肚皮都暖了起来。

过一会儿，客人方才说道："太辣嗓子了！"

"刚刚出缸嘛，明天就好了。"

如果客人觉得酒还不错，便开始询问价格："卖多少钱？"

“很便宜，3 万。”

“最多 2 万。”

“哦，开玩笑。我这可是好酒。”

“最多给你 2 万 5。”

“行吧，卖完好收摊。拿多少？”

价钱合适就成交，客人要多少就给多少。这些女人一般会拿塑料管插到自家的酒罐里，对着管子一吸，酒就流到买家那边了。装酒、收钱，最后握手大笑；要是酒不对味，价钱太贵，客人就会再转去别家看看。要是把这个市场的酒都“试喝”一遍，客人就得备好半升白酒的量，最后晕头转向肚子疼，这绝对不是开玩笑！

在酒市上逛累了，饥肠辘辘的客人会去集市边上的大排档吃点东西。米粉、玉米蒸粿、酸豆面、血旺、马肉汤锅等高原特色食物应有尽有，然后还得再来一杯酒。高原市场的一个独特之处在于每个市场都有几处简单的酒馆。女售货员通常会在里面放上几张木制或者塑料桌椅，摆上几瓶酒，桌上放了几个平底杯（顶多放点汽水和啤酒），没有任何的下酒零食。苗旺市场的酒馆分散在几个地方，但最集中的是牛市、猪市、鸡市、羊市、狗市和画眉鸟市。原因很简单，赶集是当地人生活中必不可少的环节，看牛和看画眉鸟是任何一个赫蒙族男人最喜欢做的事。

在苗旺市场和其他高原市场的酒馆里，不仅男人喝酒，女人也和丈夫、公婆一起喝酒，甚至一些女人之间也互相邀约喝酒。男男女女、三五成群，勾肩搭背地坐下来喝上个把小时，大声说话、大声笑……正是上午 11 点，阳光明媚，在苗旺镇迪支惹村赫蒙族妇女乌氏眉的酒吧里，我看到了两个女人——一老一少。那少妇边喝边哭，悲伤地啜饮着。年长的妇女则一言不发，只是让少妇靠在自己的肩膀上，耐心地听着少妇的倾诉。她有时还会为少妇倒上一杯酒，眼里透着同情和怜爱。

一张桌子、几把椅子放在路旁，这简陋的路边酒馆撑不撑遮阳伞都宾客盈门。身边传来赫蒙族语、勉语、布依语、岱依语……声音相互交织融合；市场人来人往，买卖双方讨价还价；周围有牛叫声、羊叫声、猪叫声、犬吠声，还有鸡群鸭群结队经过的声音……这一切，构成了高原市场典型的嘈杂喧嚣的画面。

在熙熙攘攘的苗旺集市上打转的数千人中，估计得有近 200 名卖酒的妇女。一个妇女少则每天能卖出 10 升酒，多则卖出上百升。白酒的总消耗量估计高达万升。我还看到很多皮卡车，挂着河内、北江、永福的车牌……从这里买酒带回家去。所以，当地人李米茶才会以“满市皆醉酒未干”为豪，吹嘘自己家乡的市集“上有青天，下有白酒”。

丰年酒香飘

赫蒙族是河江省人口最多的民族，总人口超过了 20 万，占越南全国赫蒙族人口的 1/3。因此，河江是最具备赫蒙族文化特殊性的省份。哪里有赫蒙族，哪里就有酒市。不过，只有河江省才有这样“只卖酒”的酒馆。除了苗旺市场，同文岩石高原的其他几个地区也有著名的酒市。同文县、官坝县、安宁县每到周日都会有赶集。其他乡的集市按照农历纪日法决定开市时间，每期开市 6 天，如龙坪通常在寅日和申日开市，浦告通常在辰日和戌日开市，沙坪通常在巳日和亥日开市，浦榜通常在午日和子日开市，龙鼓通常在未日和丑日开市，邱威则是每逢农历二日、七日、十二日、十七日、二十二日和二十七日才会开市。

我在龙坪市场遇见一个赫蒙族男人——莫勇浦，他故作神秘地告诉我：“我有一只鸡，它脖子痛，得你去了它才能好。不如晚上去我家喝酒吧！”为了邀我去他家小酌，他竟然想了这么个理由，我也感到无可奈何。

阿浦，1982 年出生，河江省同文县宋斋乡人。酿酒是赫蒙族的传统技艺。阿浦的父亲莫派辛在当地是一位有名的酿酒师傅，从小阿浦就跟着他学习酿酒手艺。到 17 岁时，阿浦已经开始能独立酿造白酒了。酒好不怕巷子深，凡是阿浦家酿的酒，总会有人上门来买，根本不用拿到市场去兜售。不过，和所有赫蒙族人一样，阿浦也爱赶集，有时是为了买卖黄牛，有时只是为了和朋友们一起小聚、喝酒。

阿浦自己制作酒曲，配方包括高良姜、糯米、老玉米、辣椒和一些“秘方”里独有的树叶。他将这些配料在石臼中捣烂，先封育一周，然后煮水制成药水，再将玉米、大米捣成粉末，调入这些药水，捏成鸭蛋大小，晒干，收于厨房备用。每次玉米收获后，阿浦都会选出最好的玉米棒子。其米粒坚硬、颜色金黄，须在高山上生长 6 ～ 7 个月方可使用。他把这些玉米棒子晒干后堆在厨房里，需要酿酒的时候，就把它们摘下来，剥下玉米粒，用扇子扇干净，放在铸铁锅里，加水，用大火煮 12 个小时左右，直到玉米粒软烂，然后把它们装好冷却。接着将玉米与酒曲粉混合。每 10 千克玉米掺入两三个酒曲块，酒曲掺多了或掺少了，酿出来的酒都不好喝。阿浦将酒曲块掰成粉末后与玉米混合，然后放入桶中发酵 10 ～ 23 天，再将发酵好的玉米倒入大木锅中。每锅可盛 3 胎玉米（1 胎约为 1.4 千克），放在铸铁锅上，煮上 4 个小时后，满屋的酒香便扑鼻而来。

想要酒好喝，酿酒师一定要让火均匀、持续地燃烧。火太大了，原材料也就浪费了；火太小，酒煮不熟。在这个过程中，阿浦需要一直用手调节热度，并根据情况在下面的锅中注水。阿浦每周能煮两壶酒，总计 37 升左右。煮好的玉米酒需要放置 5 ～ 7 天。届时取出，饮之方觉甘美。若即煮即饮，则口感烈涩。将白酒存放在阴暗角落的瓦罐中，存的时间越长，味道越好，口感也越凉爽、醇香。

因为酒的品质好，因此阿浦每 20 升玉米白酒售价为 60 万越南盾，而该地区其他酿酒师的酒每 20 升通常只能卖到 45 万越南盾。阿浦的玉米酒一般只有 30° 左右，口感干净清冽，味美爽口。“我家的酒喝多了也不会口干，第二天早上起来也绝不会头疼。”阿浦得意地说道。

阿浦家是当地经济条件较好的家庭之一。除了种玉米、酿酒，他家还有两头牛、两头猪，鸡、鸭、鹅也有几十只。玉米收上来可以做玉米蒸粿吃，也可以煮酒。玉米秆则可以用来喂畜禽。赫蒙族人的生活离不开玉米。每年到 11 月底，家里的玉米用完了，阿浦也就不再酿酒了。阿浦说自己从不去市场买玉米，怕人家种得不好，也不会像他一样小心保存。他看到有人在玉米上喷洒杀虫剂，让玉米表面上看起来很漂亮，但实际上质量并没有什么保障，吃多了还会危害身体健康。一部分的赫蒙族人就是这样，对他们而言，酿酒只不过是为了把收获的粮食消耗一下，很多材料都是在市场上随便买回来就行了。阿浦说，按照习俗，当年烧的第一壶酒是不卖的，只用来请客喝酒。根据他的经验，他介绍道：“好酒看起来要清澈、闻起来要香，点上火，那火吹也吹不灭。”

河江省赫蒙族人生活在海拔 1000 ～ 3000 米的高原地区，水资源十分稀少。玉米酒是赫蒙族人每天最熟悉的饮品。走访每个赫蒙族家庭，我都会被邀请喝上一杯酒。茶可以没有，但玉米酒是绝对不可能没有的。宋斋乡人民委员会主席李美宝先生笑着总结道：“进村不喝一杯酒、不抽一斗烟，啥事儿也谈不了。”

赫蒙族人把树叶混到酒曲块里用来酿制玉米酒，然后把玉米酒当成日常饮品。玉米酒渣可以用来养鸡、鸭、鹅、猪、牛……每到赶集的日子，印象最深的画面就是赫蒙族妇女背着 20 升的酒桶沿山路走下来，在山谷里的集市陈列兜售。在家里煮酒的事，赫蒙族男女都做，不过市场上抛头露面卖酒的只有女人。男人只在一旁帮忙拎重物。集市上的酒馆则不同，不论男女，想喝就喝。

12 点，集市结束，大多数人匆匆离开。喝多的人就低头呆坐，或滚到地上呼呼大睡。午后 1 点，在回龙坪的路边，遇到一件有趣的事。丈夫喝多了躺在地上睡觉，妻子坐在他身边，耐心地等着丈夫醒过来，再一起回家。我下车问了才知道，这个女人名叫江氏镯，29 岁，家住宋斋乡；醉酒的男人名叫陶自如，33 岁。阿镯温和地笑道：“和朋友喝酒小聚，没想到我老公喝醉了。不过话说回来，不喝醉一点儿也不好玩。”看到那一幕，我终于明白了赫蒙族女人为了证明自己坚贞的爱情常说的那句话——“即使我死了，我的灵魂也会撑着伞等着你”。

生活在高原的赫蒙族人辛苦了一个礼拜，周末在山谷市场痛饮谈天，喝醉了也没有人笑话他们。诚然，对赫蒙族人而言，每周都要有一个需要被遗忘的日子。而且，从集市醉酒归来的人，有哪个不是好人呢？有朋友的人才会有这顿酒喝。同文县委宣传部负责人李中坚解释说：“很多赫蒙族妇女的骄傲就是，只要她一到市场，就能看到自己的丈夫被很多朋友围绕着。丈夫被很多人请去喝酒是她们的荣幸。这也从一个侧面反映了赫蒙族妇女顺从、知足的传统美德。当丈夫喝醉时，她们反倒会得意洋洋地坐在他的身边守候他醒来。这被当地人视作为人妻之本分，她们对此毫无怨言。”

越南河内国家大学越南研究与发展科学研究所文化研究员李写长总结道：“白酒是赫蒙族人日常和宗教仪式中普遍会出现的饮品。人们用玉米和酵母酿造白酒。赫蒙族人的酒量很大，逢年过节他们可以陪你喝上一整天。在某些仪式中，必须要有酒作为供品。提到赫蒙族，就不得不提到酒。酒已经成为赫蒙族的一种文化元素。围绕着一杯酒，赫蒙族有着万千习俗。人们会因为看到象牙色的酒曲而跳起芦笙舞。赫蒙族男孩吹芦笙，也许也是因为上面沾了酒气。酒桌上，人们唱着山歌，喝着酒。一杯酒，让人气力倍增。此外，酒也能帮助人们抵御高原的寒冷气候。”

采蜜的季节

秋末冬初，河江省同文县岩石高原上的天气干燥寒冷，天空阴沉，似罩在一个冰冷的铁桶之中，猫耳状灰色岩石齐齐指向天空……在这最惨淡的季节，却出现了上天馈赠给河江人最甜蜜的礼物，它就是薄荷花蜜。

忙碌而多彩的时节

“那些蜂巢还有卵吗？”

“没了。”

“估计蜂王死了……”

“没有啊，还在呢。”

“那赶紧放手吧！”

……

回荡在山谷一角的交谈声证实了一件事——更换蜂王是养蜂业中最困难的工作之一。

首先，新蜂王会被放进笼里观察两三天。当一连串的工蜂以友好的姿态包围着新蜂王时，则证明工蜂已经接受了新蜂王，人们就会释放新蜂王。一般来说，一旦蜂群失去了蜂王，就很容易引入新的蜂王。不过，也有引入新蜂王后，工蜂不接受它并将它咬死的情况发生。发生这种情况是因为新蜂王有一种奇怪的气味刺激了工蜂的防御能力。为了避免发生这种情况，在引入新蜂王之前，有必要向蜂巢中喷洒少量芳香物质或熏香烟雾，以使蜂巢和新蜂王的气味调和均匀。

每年 10 月初，陈业所在的长英有限责任公司便会从宣光省将蜜蜂运送到同文岩石高原，让它们采集针叶草花和薄荷花的花蜜。可以说，养蜂人是真正意义上的“游牧民族”。他们会派一个人去探查花点，先选好停车位，然后向养蜂基地打电话汇报情况。养蜂基地的人便会立即把一箱箱蜜蜂装上卡车，前往这个人所在的地方。陈业一行人的第一站是宋斋乡。

几块木板拼成一张床，搭起帆布用来遮阳挡雨。人的住宿可以一切从简，但蜂房一定要布置得整齐完备。蜂箱是木制的长方形箱体，每个箱子里住着 6 ～ 10 只蜜蜂，它们都是越南本地品种的蜜蜂。蜂窝被整齐地放在高高的木架上，上面覆盖着棕榈叶或一块波纹铁皮。等到了指定地点，人们拉开波纹铁皮，工蜂如撒豆一样开始在花田里采蜜。养蜂人载着蜂箱四处搬运——马勒、沙坪、龙坪……哪里的花开了还暂时没有养蜂人放蜂，他们就会过去。每天重复着这样的工作：寻找落脚点，清理蜂巢，再次翻蜜……一切在腊月二十五那天结束。薄荷花季结束的那天也是他们结束农忙、收拾工具回家准备庆祝春节的日子。

薄荷是一种长着交替锯齿状叶子的草本植物。这种植物春天发芽，到秋天才会开花。数百朵铃形小花挤在一起组成一个花柱，每一朵小花中都含有大量的花蜜。深秋季节，每当紫色小铃“响动”时，就到了催促蜜蜂采蜜的季节。秋末，绵延千山万丈紫光，工蜂成群结队飞舞采蜜。从清晨到傍晚，薄荷花田边总是能听到蜜蜂振翅的“嗡嗡”声，好一派熙熙攘攘的景象。

农历腊月的薄荷种子落地，随风四处散落，掉进猫耳石缝，挂在树干上……种子因为富含精油，所以既不至于成为白蚁的腹中餐，也不至于立即腐坏。其他植物的种子掉到地里7天就能发芽，薄荷种子则要“酣睡”9个月才能苏醒。正是河江岩石高原恶劣、干燥的气候给了爱酣睡的薄荷种子生长的条件。天气越干燥，薄荷树的精油越多。而花朵越香，花蜜越多。薄荷成了大自然对这片崎岖多岩石的高原的“补偿”。但薄荷也很“娇气”，它必须生长在相对干净的玉米田附近。哪怕天气寒冷、霜露重，它们的叶子也能长得又厚又绿。有些地方杂草丛生、脏乱荒芜，薄荷是不会在那里发芽的。不过，当地人种植玉米的习惯也会给薄荷的植株带来破坏。由于薄荷是草本植物，根茎脆弱，到玉米地锄地的赫蒙族人经常锄到薄荷树根。这就是为什么每年都有一大片的薄荷“死于非命”。面对这个问题，同文县政府想出了一个办法——以每公顷20万越南盾来支持人们保护薄荷，这样农民在玉米地里劳作时就会小心翼翼，避免“误伤”薄荷。

距离陈业的营地几千米处是同文县宋斋乡宋果村赫蒙族人陶自如的养蜂场。陶自如是当地有名的养蜂人之一。6年前，正是菊花、薄荷花盛开的季节，看到人们从陡峭的山口上开着一辆辆满载蜂箱的卡车在他的家乡穿梭忙碌，他觉得奇怪又好奇。越看越感兴趣的他，一咬牙一跺脚掏出500万越南盾到安明镇买蜜蜂来养。他边工作边向老养蜂人学习，并且参加宋斋乡人民委员会开办的农业推广班，学习更换蜂王、分离蜂群、防治蜂群疾病、防止跑蜂现象、采收蜂蜜等相关技术。

前后花了 3 年时间，阿如才真正摸索出了一套养蜂的办法。

到目前为止，陶自如夫妇除了种植玉米，还成了当地的养蜂户。平日里，他会到茂裔乡放蜂采蜜。每年农历十月，薄荷花季到来，他们又会回到宋斋，一直待到腊月底。阿如拉出一个蜂巢检查，突然惊呼道:“怎么这么多屎？！”然后，他用手指指着我解释说:“这个红红的东西是蜜蜂屎！”又看了一窝，对着妻子喊道:“这蜂王真漂亮！”妻子大声应道:“你那边蜂子多不？”“多着呢！”陶自如回答。阳光之下，蜜蜂酿蜜的声音、风的声音、人们谈笑的声音交织……工作中的快乐是那么的简单，那么的富有诗意。

有些人为了早点取蜜会给蜜蜂喂糖，这样只需要四五天就能取到蜂蜜，而阿如家的蜜蜂则完全是用花蜜养的。“我们不搞那些事，两到三周才能取到蜜。”阿如家的蜂蜜口感很纯正。很多人打电话询问了取蜜时间，当天去到现场有多少买多少。阿如家的蜂蜜零售价每升 40 万越南盾，20 升的桶装售价 700 万越南盾。阿如一家每年养蜂大约能赚 5000 万越南盾。

1911 年诺贝尔文学奖获得者、比利时诗人莫里斯·梅特林克在他的哲学论文《论生命》中，写下极富诗意的一段话:“在这里，如任何有蜂箱的地方一样，它们带来了花瓣、宁静而又繁忙的气氛。太阳的光芒有了新的含义。那里仿佛正在举行夏日的祭典。我们可以在明亮的十字路口休息，飞行路径在这里汇聚又发散。从黎明到黄昏，它们将忙碌而多彩的生活带进山乡。在那里，在花园的美丽时刻，你可以遇见一个容光焕发、快乐的灵魂，一个睿智悦耳的声音，一个快乐的家。在那里，在蜜蜂的学校里，我们懂得了和万能的大自然的潜在联系，懂得了自然界和三界的纯洁关系，懂得了生命如何无穷无尽延续，懂得了热情无私的劳动美德，和劳动美德一样美妙——那是英勇的工蜂。它们教会我们欣赏从闲暇中流淌的甜蜜，通过它们那成千上万的小翅膀热情描绘的轮廓，仿佛在强调纯美的时光流转于宇宙中那几乎无法形容的快乐。当它们无所求之时，和它们在一起只是一场纯粹的、完整的轮回，就如同眼下这纯粹的幸福。”

左手酿酒大师，右手炒茶高手

我曾在一个朋友的社交网络账号上看到他发了这样一段文字："天啊，竟然有那么高的一株茶树！"配图是一棵比房屋还高的茶树。俗话说"百闻不如一见"，我萌生了前往那里的想法……

酒曲和山雪茶

据生活在平福乡的一个大家庭麦氏家族的族谱记载，他们的祖先移居于此已历7代。这里“头靠山，脚临河”的地貌符合岱依族传统的风水观念。他们临溪而居，聚居在既便于种稻又便于种植其他作物的山谷周围。麦家的吊脚楼是用木头搭建的，屋顶贴着阴阳瓦，背靠山、面朝谷，颇有诗情画意。

54岁的麦文迪住在纳贝村的一处吊脚楼里。麦文迪家的吊脚楼建于1992年，主体建筑材料为橡木、栗木、油木等，地板使用老梅木铺就，屋顶铺着阴阳瓦，房舍面积0.011公顷。这是纳贝村最漂亮的吊脚楼之一。岱依族吊脚楼的独特之处在于，房子旁边总有一块地做晒场，每天早晚人们可以坐在这里休息、放松、喝茶、喝酒。

“纳贝”在岱依语中意为“长满黑藤的田野”。除了黑藤，那里还有两种土特产——酒曲和山雪茶。

平福白酒的独特之处在于其独特的酒曲。制作这种酒曲需要采集30多种植物的叶子、块茎，但主料还是高良姜。人们上山采挖这些植物原料回家洗净，将它们与米粉混合，制成鸭蛋般大小的酒曲块；再将酒曲块放在大锅里，上下各铺一层稻草。夏天，人们还会给酒曲块盖上薄毯，隔夜发酵。冬天气温低，酒曲块则需要两天才能产生酵母菌。酒曲块发酵完成后，用绳子将它们穿成一串，晾干备用。酒曲块里面混合着的叶子都是药用植物，可以用来治疗肾病、肝病、风湿病、肠道病等多种疾病。麦文迪说，每 30 千克大米可混合 1.5 千克酒曲，酿造 30 天，最后上锅煮 3 小时，就得到一批新酒。一担大米可以煮大约 100 升酒。一年下来，平均每个月他家能够手工酿造 1000 多升白酒。

平福白酒有两个独到之处。首先，酿酒的酒曲块混合了独特的草药秘方，具有保健作用。其次，人们用来酿酒的是高山泉水，非常纯净。因此平福白酒虽然具有一般酒类催眠的效果，但是人醒来却觉得浑身清爽通泰、倦意全无。据统计，平福乡平均每个家庭每天能酿造 60 升平福白酒。

酿制白酒的过程还间接为平福乡的老百姓提供了一种独特的产品——黑猪肉。土生土长的黑猪放养在田地里每天吃树叶、茶叶，当地人还把酒煮的米糠给它们当“主食”。这种黑猪肉质紧实，美味可口。有趣的是，在这里，我们挑猪、抓猪、杀猪，最后劈柴、扛柴到麦文迪家做猪肉的工序全部都要“自力更生”。香喷喷的猪肉被麦家人加工成具有当地特色的菜肴，如黄皮叶烤肉、茶叶包煮肉、酸笋炖猪骨……我们舒适地坐在炉火旁，喝着平福白酒。然后，我们又在麦家人引导下，将那些吃不完的肉，用盐、香料和酒腌制，挂起来烟熏，制作成为一道易于保存的传统熏肉。吃着，聊着，唱着，一直闹到深夜，我们才累得睡了过去。

第二天一早，麻雀的鸣叫声催促着我们起床上山采茶。爬上碧绿的茶山，眼前的茶树高如门柱，需要两三个人环抱才能将树干完全抱住。我们七手八脚爬上茶树，伸手采茶。不一会儿工夫，那肥嘟嘟的、满是白色绒毛的茶芽便被我们带回麦家吊脚楼。用铸铁锅炒好茶叶之后，我们便就着这晴朗的天气开始愉快地喝茶、聊天。交谈中，我们得知麦文迪家目前拥有 3.1 公顷古山雪茶园，是平福乡拥有茶园面积最大的家庭之一。每年，麦家人都会采收超过 4000 千克的新鲜茶叶。茶备好后，就等商贩们上门收购。他家还挑选最好的茶芽做一些特色茶，如雪茶（一种当地白茶，一枝只采一芽）、粉红茶、蓝茶……如今，这些特色茶已做成了小有名气的自主品牌。

平福乡平均海拔范围在 700 ～ 1500 米，气候凉爽，终年有雾，非常适合山茶树的生长。目前平福乡拥有 300 多公顷的大叶山雪茶树，树龄从 100 年到 500 年不等。2017 年，平福乡茶农共收获了 15000 千克干茶叶。

57 岁的班君村岱依族村民农文顺解释了“山雪茶”名称的由来。“过去，谁都没心思种茶，大家都种地，茶树也是自然生长。三月，新茶叶开始出现，我们就会上树揪几片茶叶。好的茶叶嫩叶面的绒毛就像盖了薄薄一层雪一样，叶子老了就没有了。茶叶采回去放到铸锅上炒，用冬叶包裹，便可以常年保存饮用。”

农文顺是一个“茶迷”，一说到茶他就滔滔不绝地说了起来：“山雪茶对温度要求很高。炒茶温度一定要合适，保持小火，火力均匀。炒茶炒坏了，后面再怎么补救都于事无补了，中间的折耗可想而知。那么，为什么很多人不把它晾干，直接就带到市场上卖呢？照我看，这种茶需要炒 4 回，第一炒叫‘煮茶’，第二炒叫‘陈茶’，第三炒叫‘晒茶’，第四炒叫‘取香’。大约每 2 千克新鲜茶叶才能炒出 0.5 千克好的干茶叶。”

关于如何喝茶，农文顺先生也有自己独到的看法。他说：“如果你知道如何喝茶，你就会知道如何泡茶。泡茶水不宜满。水太满了，香气就散失了。”谈到泡茶的水，他告诉我们，有一次去同奈省边和市玩，虽然只有两天时间，他却带了茶包泡茶喝。当天泡的茶水味道不对，他以为茶叶发霉了。第二天，去别的村子探望时，他也带一样的茶包来泡，这次居然茶水清香扑鼻、回甘清冽。后来他才明白，原因竟是前一天他用的是自来水泡茶，第二天则换成了井水。“因为自来水经过氯处理，用自来水泡的茶水会变红并失去原来的味道。用源头活水泡茶最好。这就是为什么茶包被带到边和市泡出来的茶水会有不同的味道的原因。用平福乡的泉水泡出来的茶水是金黄色的，口感非常香甜。”

平福乡是一个独特的气候分区点，从纳岗到矫钦山口中部，气候凉爽，雾气弥漫。这里的高山如普迦岭（海拔 1527 米）、三韶山（海拔 1172 米）、奎威山（海拔 1052 米）、普屯山（海拔 1050 米）等，都属于越南北部花山—银山山脉。

“左手酿酒大师，右手炒茶高手”浓缩了当地人的生活与激情。剩下几天的时间，我们去田里干活，和乡亲们一起种地，或者坐在地板上聊聊他们的“家务事”，感觉非常亲切。此外，还有很多值得探索的当地景点，如奎卜贝（一条有许多鱼的溪流）、奎果（一条有绿色橄榄树的溪流）、矫钦（山口）、纳岗（森林）……

平福乡当地人 10 岁就已知道如何饮酒、喝茶。每家的桌子上都有一套茶具和一套酒杯，人们终日饮茶饮酒，过着幸福健康的生活（乡里有 5 位 95 岁以上的老人）。

在平福乡体验了几天岱依族文化后，和我一起来的姐姐活用了“平福乡”的名字，说了一句令我印象深刻的话——“人们在这里生活平静，内心幸福”。

探险“高原平地”

冯芷村是一个红瑶人聚居的村庄。通往冯芷村的道路蜿蜒地穿过高耸入云的群山。眼前的群山一座接着一座，翻过一座山峰，另一座山峰便出现在眼前……

高处的平地

向上攀爬行至冯芷村，我嘴里不停地哼着几句瑶族的诗句：

翻过一座山，又来一座山。

日夜风雨，道路曲折，蜿蜒如羊肠。

跨过一条河，翻过九座山。

大山像死亡之境一样在我面前伸展开来。

但其实到了山顶，每个人都应该唱起那首波德列夫斯基写的《游牧之歌》：

辽阔的草原延伸到地平线。

四处蔓延着那田野的芬芳……

“冯芷”在瑶语中的意思是“高处的平地”。冯芷村位于海拔近 1000 米的高处，拥有广阔、平坦、碧绿、美丽的草原。在我看来，冯芷村有着类似于中国的内蒙古或西藏的美丽，目之所及，成群的马在草原上悠闲地吃草……

北淠省巴比县福禄乡冯芷村是整个县里最偏远贫困的寨子。冯芷村全村只有 53 户近 300 人，几乎都是自 1979 年后从高平省原平县迁居到这里的红瑶人。据当地人阿程说:“以前这里也有村庄,但因为条件太艰苦人们纷纷离开了。战后,原平县的瑶族也失去了土地,所以他们迁移到这里。现在,他们已经成了地道的北泮人。”

冯芷村自然面积近10000公顷,其中200多公顷为防护林,部分为居住和生产用地,其余则均为草地。民众分散地生活在各处。即使在村中心,除了幼儿园和小学,也只能看到三四间房舍。这里的人温柔大方、热情好客。

这里是当地防护林的起始地,有一条清澈的小溪作为人们的水源。人们不仅在这里吃喝、洗澡、洗漱,还做了个微型的水电工程,足够当地人发电照明和充电。该地区没有电网。进村的路非常蜿蜒崎岖。邓富平虽是个“90后”,但到2017年时竟已当了4年的村长。他说:“从福禄乡到冯芷村,马是主要的交通工具。因为土路又窄又陡,有一段很长的路需要沿着不到50厘米宽的悬崖峭壁走,所以不得不使用马匹。天晴的时候只有男人才敢骑摩托车通过,下雨的时候得在车轮上系上铁链才敢上路。冯芷村全村都得自力更生,争取挖出一条通往原平县的路。后来,福禄乡人民委员会投入资金购买了挖掘机和推土机,将这里的道路拓宽了一些。不过遇到下雨天,人们骑摩托车还是得挂上链条。这段凶险的路少说也得有10千米长。”

我将冯芷村称为“避暑胜地”,因为这里天气非常凉爽。傍晚,夕阳的光辉像金黄的蜂蜜一般倾洒在碧绿油亮的草场上。成群的马伴随着鸟鸣声在这里吃草。黎明时分,这里的气温让我恍如置身于城市的秋冬季节，白色的云海仿佛要吞没眼前所有的高山。

巴比国家公园是瑶族珍贵药材的重要采集地。瑶族人类学博士班俊能经过数十年的研究，选择靠近原始森林的区域进行瑶药治疗的探索，因地制宜，开创了独特的医疗康复基地疗法，如谅山省的北山县为骨骼和关节治疗康复基地，高平省原平县为震颤、糖尿病、肾衰竭治疗康复基地，北泮省的纳里县为肝病康复基地，北泮省的百通县和巴比县为坐骨神经痛、脊柱病变、腰椎间盘突出症治疗康复基地……如果中医以肾为根，瑶族传统医学则以肝为根来治疗许多疾病。如果肝脏无法排毒，肾脏的负担就会很大，从而导致肝衰竭、肾等多器官衰竭。

第二天一早，我们就跟着当地瑶族人去采药。瑶药基本都是野生药材，带着山野的味道、溪流的味道，以及缠绕树顶的槲寄生味道……采药，要找到梅树或竹子这样的大型植物，再将树的两根树干绑起来做成梯子爬上去。在某些更难攀爬的地方，瑶族人会用锤子将钉子钉入大树的树干，做成有助于逐渐爬上树的台阶。

瑶族人努力采药，但却绝不伐木毁林、涸泽而渔。他们永远留下药材的树根。瑶族人就是这样与自然和谐相处，以开发自然资源为生，而不是无止境地破坏自然资源……不仅如此，冯芷村的红瑶人也非常勤劳，他们善于耕种，善于饲养牲畜。水生姜、高良姜、玉米、水稻都是他们擅长种植的农作物，走进村落，饲养黑猪、牛、马等牲畜的家庭也很多，这些都成了当地人改善生活的好办法。

下午，我们像牧人一样在草地上追马、骑马、赶马……晚上，我们搭起帐篷，生火烧烤，暖酒泡茶，聊天唱歌，在摇曳的炉火旁进入梦乡。

三百年未断的打铁声

高平市广渊县福森乡的侬族人三百年如一日地在火红的锻造炉边展现他们的才智、坚忍和勤劳。

铁匠的炉火人生

从高平市朝东北方向行驶约30千米，沿越南3号国道前往大龙关口，一路上，我从种满水稻、玉米、土豆、甘蔗的田野疾驰而过。路旁，一间简陋竹木屋外挂着菜刀、镰刀、锤子、锄头……虽然房舍不大，但里面的人却忙得不亦乐乎。传到我耳朵里全是锤子的敲打声、炉火的轰鸣声、磨床的沙沙声、赤铁蘸水的滋滋声……进门左手边是一间宽敞的棚屋，屋内架子上挂着一把闪闪发亮的刀。看到刀上“刘炼”这个可爱的名字，我瞬间明白了其中的含义。

农刘炼1971年出生于一个已历八代的铁匠世家。从13岁开始，农刘炼便跟随父亲下到铁匠铺当学徒。一开始，他帮父亲烧火并改装一些细钢锥，也帮着做做刀柄、刀身等简单工作。慢慢地，他开始学着做刀刃。子承父业，有不懂的就请教父亲，阿炼用了三年时间成了铁匠铺里的大拿。阿炼说：“做这个行当眼睛必须得‘毒’，一眼就要能分清每一种金属材料，然后决定用什么锻造方式、具体需要锻造多久。每种金属加工都有特定的火候。火候不能太老，也不能不到。锻造任何金属都需要用刚刚好的热量和均匀燃烧的木炭。像煤的温度过高，就容易使钢变脆并容易碎裂。比如，打钢刀，火太老，钢就变性成了发白的铸铁，浸水就脆，用起来的时候容易碎；火候不够，刀容易卷曲并变钝；只有火候合适，打出来的刀才好用。”他拿钳子把钢片埋在炭火里，等钢热了再拿出来放在铁砧上，用锤子把刀刃敲得薄薄的，一遍又一遍地重复着，直到它乌黑发亮。之后，又将刚刚捶打的刀片放在炉中加热到发红，再夹起它浸入一盆水中冷却后，用锤子在铁砧上对刀片进行弯曲调整，最后磨锐。“做一把锋利、耐用的钢刀，最重要的是加热过程。加热时，一定要看钢材的颜色，如果太红，成品的脆性就太大了，所以只需要适度加热。当钢材呈现出橙红色时，就必须从炉子里取出来了。使用冷水将它冷却变硬，让它变得更锋利、更耐用。但这些细活儿需要花费大量时间学习。我们也用炭灰掺水来中和酸，但比例多少、时长多少，都是各门各户不外传的秘诀。以前，我们都用森林铁木的炭灰混合石灰水浸泡过夜；第二天早上，将浮在上面的杂质撇清，制成我们的‘秘方’。钢材烤好后，浸入这样的水中，立即就能看到彩虹色的浮渣。将钢材从水中捞出，它会透出鲜艳的粉红色。成品坚固而不脆，有弹性而不会过软。如果成品透着灰绿色，那么，虽然刀刃锋利，但用起来很容易破碎、折断，这就等于失败了。为了成功，我们必须反复去尝试，小心翼翼地锻造。只要原材料和过程不出差错，我现在一个半小时就能做一把刀。一把好刀，至少能用 15 年。有些刀用一辈子，也不会坏。”阿炼说道。

52岁的龙文战从业已有37年。他于2010年创立了龙战合作社，里面汇集了12名铁匠行业的当地人。老龙的锻造车间位于通往帕朗隧道的路口，车间的招牌设计得大而醒目。车间的展示空间和产品介绍都做得很详细，内容包括图片、详细的产品生产过程。在宽敞的厂房里，老龙投资购买了冲压机和磨床。龙战合作社锻造刀、锤、锄、铲、镰刀、蝴蝶镐、铸犁等金属制品。在老龙看来，打铁看似简单，其实很是个精细活儿。首先原材料要好，其次工具须是进口的先进设备，最后的决定因素才是铁匠的经验和技术。夏天，如果订单多，当水槽里的水过热时，必须立即更换；冬天水温太低，导致成品很容易碎裂，也要想办法解决。最难的工作是锻造一把0.7米长的切烟刀，别看这工程并不大，却需要铁匠极好的经验和技巧辅助才能完成。

铁匠必须身体强壮、柔韧性好、耳聪目明、感官锐利，尤其还要具备耐心、细致的品格。64岁的农文协，自14岁开始就在父亲的铁匠铺旁学习制刀。每次放学回家，他都黏着父亲和大哥，求他们教自己怎么使用锤子、如何冷却烧红的铁片、怎么加热锻造金属的可塑性……16岁时，他的父亲送给了他一个铁匠铺，让他自己谋生。关于锻造工艺，农文协解释说："当你做出一柄满意的刀刃时，你才开始对刀身和刀柄进行打造。别的部分形状走固定的流程就可以，但锻造出合适的刀刃锐度的机会只有一次。"

每到福森乡一次，我们都会看见熟悉的景象——火红的炉子、噼啪作响的炭炉、飞溅的火花，听到熟悉的声音——

热铁入水发出的嗞嗞声、锤子打铁叮叮当当的声音、车床沙沙的摩擦声。福森乡有 423 户合计 1982 人，其中半数以上从事铁匠工作。隶属乡里的10个村子中，6个村子里都有打铁人，主要产品为农具和木工工具。在抗法战争中，福森乡铁匠参与铸造大炮和手榴弹，为抗法运动作出了贡献。过去，人们习惯于锻造便于随身携带的金属工具，如刀具、锄头、锤子、镰刀、犁头等，然后步行几天到茶领、通农、重庆、石安这 4 个镇的市场上出售。他们赚来的钱部分用于购买旧农具、旧工具等，以获得再次生产的原料。这样一来，担子去的时候很重，回来的时候更重!

通常，在农忙时节（前一年的 10 月～次年的 1 月），金属农具的需求量会急剧增加，市场供不应求，所以一年中其他时候铁匠铺即便将农具卖完了，也都在为农忙季节可能出现的大批订单继续忙碌。

福森乡人民委员会主席灵文甫说:“福森的铁匠行业已有超过三百年的历史，通常是子承父业。全乡铁匠 120 余人，最多的时候有 200 余人。只要家里人数超过两人，必有一位是铁匠。乡里主打的产品有 20 多种。每年全乡锻造金属制品的收入达到 20 亿越南盾……”

不知道打铁就是无能

锻造业是侬族人的一门传统手艺，伴随着侬族人在这片土地上生存和发展。锻造业为传承人民的传统文化作出了贡献。这里，锻造手工艺村制造的产品不仅在高平省内享有极高的盛誉，还在越南北部山区各省、西部高原地区、首都河内市等地打响了名头。有的产品甚至卖到了中国的广西。

高平省文化体育与旅游厅副厅长颜氏明诗介绍道：“铁匠铺早已在当地传说、诗歌和民间信仰中广为流传。每个侬族人的家庭都会设坛祭拜锻造之祖。在家里和铁匠铺里，每逢农历初一、十五，为了感谢这位不知名的祖师爷，人们总是定期为他烧香上供。除夕夜，家家户户收拾锻造工具、打扫炉灶。人们还将柚叶插在铁匠铺上，在铁匠铺内通宵焚香祈祷，请祖师爷来与家人一起庆祝春节，给家里人带来新年的好运。大年初一早上，人们还要端着米饭到铁匠铺祭祀祖师爷。除了米饭，贡品还包括一只公鸡、一碗猪肉、一对糍粑、一打沙糕、一瓶酒。从大年初一到十五，铁匠铺每天晚上都要将炉子烧红。农历七月，侬族人会先祭祀铁祖师爷，再祭祀神灵，供奉的是一只烤鸭、一碗猪肉、几块元麻饼、各式点心等。人们过完年后会择吉日重新开张。选定日期之后，一家之主点燃第一把火以求幸运。不得不迁往他处的人家，临行前要举行谢祖仪式，祈求祖师爷允许他们辞去工作。供品是公鸡一只、五色糯米饭一碗。他们照例须为祖师爷祭酒、上香。供品旁边一定要放一套常用的工具。谢祖仪式由道士主持。供奉祖师爷时，道士在家人、宗族和村民面前，须念出要迁居者的名字，并说明辞去铁匠工作的原因，承诺无论走到哪里、无论从事什么行业都不会忘记祖师爷恩德，也不会背叛曾经的职业。”

根据静东村 72 岁的村民梁文广的说法，福森乡所祭拜的锻造祖师是农江人，无妻无子。他孤身一人从中国来到越南，以开铁匠铺谋生。他的铁匠铺就位于现在的静东村。村民们并不知道他姓什么，只知道他是炼铁的，于是就管他叫“普列”（侬族语是“铁先生”的意思）。静东村的梁文经每天拿着食物、木炭和锤子来帮助普列干活，因此他很快学会了手艺，成为福森乡的第一个铁匠。

福森侬族人的锻造工具相当齐全，有铁砧（分为长方铁砧和圆铁砧）、锤子（主锤、副锤）、喇叭管、钳子、刨子、锉刀、锤子冲头、开孔器、镰刀、铜烙铁、水槽、煤铲、加热工具和磨煤、磨石（大粒磨，小粒细磨）等。锻造工艺主要包括 3 个步骤：热锻、冷锻和钢回火。福森侬族人打造的最好的产品之一是匕首。锻造匕首需要 15 个阶段，包括：将原料放入窑中；拉直，均匀展开，形成原始形状；制作刀柄；将刀柄卷成管状；焊接刀柄；锻造刀体；初步确定刀形；打刀；出刀片；调整刀形；刨刀；粗磨刀片；细磨刀片；淬刀；打磨刀刃。其他产品的锻造过程也几乎相同，根据产品不同也会有一些更具体的步骤。福森乡锻造的金属产品丰富多样，包括20多个不同的种类……

“侬族人认为，一个男人不会打铁，他的妻子会觉得他是无能的。”说完，龙文战兴奋地唱起了侬族人都知道的那首打铁对歌：“你马虎，你跛脚，给你一块铁疙瘩，你也磨不出好刀……”

上母山品山雪茶

哪怕是居住在谅山的当地人，提到“山雪茶”，也都以为它只生长在山罗、安沛、河江、奠边等地……

回味“油茶”

我原本想要去高山寻找古老的山雪茶树的计划忽然换成了参加谅山市一个朋友家的下午茶会。会上，1977 年出生的谅山省教育培训厅副主任阮志识先生知道我爱喝茶，特意和我讲起了“油茶”的故事。

1999 年，从河内国家大学下属人文与社会科学大学地理系毕业后，阮志识在谅山省禄平县任教。一天，一位同事开心地对他说道：“今天我在菜市场买到很好的‘油茶’！”说罢就邀请他过去喝。阮志识一边纳闷为什么会有人拿黄油泡茶，一边走到朋友的房间。朋友请他喝了一杯浓茶，他只觉得口感很甜，但并没有尝出什么黄油的滋味。低头看看茶叶，他觉得很奇怪，因为这茶叶的叶面比自己平时喝的茶的叶面都要大。“我问朋友为什么管它叫‘油茶’，朋友解释说这种茶是当地人从山上运到市场上卖的，谁买就用装黄油的罐子来量，所以叫‘油茶’。”阮志识说道。

阮志识讲的故事很有趣。我抬头看了看地图上的禄平县，它位于谅山省境内最高峰母山区域内。母山是一座东西走向的高山，横跨高禄县的公山乡和禄平县的母山乡，距谅山市30千米，向东与中国接壤。母山山区地形多样，平均海拔范围在800～1000米，有大小山峰80多座。最高峰为飞崖坡，海拔1541米，又名“公山峰”，它也是越南－中国第42号界碑所在的地方。当地人主要在海拔不超过700米的人工林附近散居。这片山区是瑶族、侬族和岱侬族的聚居地。母山山区具有明显的两季气候。每年冬季，从11月～次年3月，平均气温范围为7.2～13.2℃，时有降雪；夏季，从4月～10月，天气多雨，年平均降水量为2225.3毫米，平均气温范围为16～20.9℃，绝对最高气温24℃（7月）。该地区溪流密集，北面有帕岱溪、郎金溪、古坤溪、奎冯溪、奎龙溪，向南有奎莱溪、奎荡溪、奎各溪、纳苗溪、立碑溪和班快溪。全年空气湿度达92%。水流量变化大，冬季为枯水期，仅占全年水流量的10%～20%。

母山山区总面积有10740多公顷，其中，林地面积为5380公顷，原始森林面积为1543公顷。这里珍稀树种众多。当地土壤和气候尤其适合茶科、竹科的常见品种生长，特别是生长快、产量高的各种竹类。除了有丰富的原始森林资源，母山还非常利于发展果树种植和多年生植物，是个适合实现农林业协调发展的特殊地区。

摩托车在笼罩着冷雾的蜿蜒道路上爬坡，路一侧是笔直的悬崖，另一侧则是万丈深渊。当我抵达母山主峰顶时，整个人已经精疲力尽了。我看到眼前有一个卖母山特产的摊位，小贩用竹笋和辣椒水泡着澳洲坚果、药草、野柠檬……我点了一杯山雪茶，店主开心地笑着说：“恰巧刚做了一壶。快进来喝吧！”手里这杯茶水泛着金色的光，茶水香甜回甘。我打开茶包一看，全是覆着洁白茸毛的肥芽，我高兴得跟捡到了宝似的。

在当地人的指引下，我去了趟高禄县的公山乡。公山乡毗邻母山乡，这里气候终年凉爽，90% 的土地都是林地。公山乡由 9 个村庄组成，即谷征、陆波、冯龙、奎道、东站、帕岱、入楠、银北和滩游。这里也是罗岗地区瑶族人的主要聚居地。走到银北村，只见路边有一棵比房屋还高的山雪茶树，其树身斑驳似蟒皮，长满了绿色的苔藓和白红相间的地衣。树干直径近 1 米宽，叶子大如榕树叶，暗淡的花蕾上长满了白色茸毛。当看到院子前半山腰的一所房子前种满了高大的茶树，我立即丢下摩托车，沿着曲折的小道一路飞奔，全然顾不上脚下的一片泥泞。在门廊上，我看到一位老奶奶正坐着采茶。她叫杨梅番，已经 83 岁高龄。见我过来，她缓缓地说道：“我家里人种着很多茶树，树高都在 30 ～ 50 米，比房屋高大多了。它们有的在房子周围，有的在山林里，爬上山去采茶来回需要半天时间。许多树长得太高了，根本爬不上去。”她正用铸铁锅炒制采回来的新鲜茶叶，用手拨弄着。留下够家里人喝的茶，她的孩子们便把剩下的茶叶带到母山旅游区的摊位上售卖，售价为每千克 15 万越南盾。走进老奶奶的家，闻到一股淡淡的茶香。她泡了一杯茶给我喝，我发现茶叶非常舒展，没有卷曲。她告诉我，制茶的时候手脚要轻，不要用手使劲揉，以免破坏叶面。我点点头，看着眼前这杯好茶，茶水金黄，回味无穷。

来到滩游村，我遇到了当地著名的制茶师赵长生。他告诉我:“每年农历二月，这里的瑶族人就开始制作春茶，农历五月～八月就会采夏茶。茶树长在当地人家院子里，抑或是长在森林中。如果你看到掉落的茶花，可以随手捡起来戴在头上。这里的茶树长得很干净，因为人们不用农药和化肥，任由它们把粗壮的根扎到泥土里吸取天然的养分。人们用上天恩赐的阳光、风露滋养它们……”

独特的当地茶道

通常，种茶树和生产茶叶的地方，都会有自己独特的饮茶习俗。

我花了几天的时间在母山森林里跋涉寻找茶树，观察这里的人是如何泡茶的。我特别注意并询问当地人他们喝茶的方式有什么特别之处。直到第三天的行程结束之时，我在禄平县母山乡立碑村一个当地人的家中，遇到一个来买八角的中年男子，才获得答案。我一边喝茶，一边和他攀谈起来。他叫黄文事，1964 年出生，家住禄平县平庆乡班塘村，岱依族人。黄文事告诉我谅山的岱依族有着传统的茶道，用岱依语称作“嘬楠”（音译）。

“嘬楠”在岱依语中的意思是“请喝水”，这里的水指的便是茶了。“嘬楠”是传统岱依族婚礼中必不可少的环节。“嘬楠”由新郎新娘主持。新娘去夫家“嘬楠”，新郎则到妻子娘家“嘬楠”。此礼与婚礼同时进行。喝完茶之后完成祭祖仪式，新郎新娘得到了彼此祖先和长辈们的认可，家人们便欢声笑语地宣告礼成。“嘬楠”礼必须由家中最德高望重的人主持。

按从长辈到晚辈、从嫡亲到外戚的顺序奉茶。据黄文事介绍，现在谅山平嘉县岱依族人的婚礼依旧要举行“嘬楠”礼。有的地方为了来往方便，还为“嘬楠”礼搭建了专门的竹屋。

谅山省文学艺术协会常务副主席禄碧兼表示：“隆重的仪式本质上是对新娘的初为人妻的认定与接纳，同时也将新郎与他的家人、亲戚和客人介绍给女方亲朋。仪式体现了新人对长辈、亲人及未来儿孙的祝福，也表达了新郎、新娘正式成为本家或宗族子女后，对长辈和亲戚的尊重和感激之情。‘嘬楠’不仅仅是‘请喝茶’，还是新人对家人、亲人、爱人的一种尊重。它能帮助年轻夫妇了解今后操持家庭的责任，也是人们真正进入属于自己的家庭生活的一个重要里程碑。这里面可以解读出许多人文关怀的含义。这就是为什么新郎、新娘和受邀的亲戚都对自己能参加‘嘬楠’感到荣耀和幸福。”

他乡难忘达索茶

在云海茫茫的高原地区，有一种特产在越南人尽皆知，那便是在海拔1500米以上的地区才特有的山雪茶。赫蒙族语管“晒茶”的茶滩叫“达索”。于是，这个以茶树闻名的地方以此为名。

药贵茶香

古铜色的笛子划破浓雾响彻四方:“苗岭小路,多少陡崖,多少山坡,多少苦涩的山歌,哪个才能通往我的达索……”

他们并没有看到对方,却听到了回答——“苗岭小路,一千陡崖,一千山坡,一千苦涩的山歌……”

苏怀的小说《西区》中的台词把我拉回“千坡千山”的苗岭。在蜿蜒曲折的山路上,我卷起衣袖,顺着塌陷的土壤和岩石向上攀爬,去达索寻找茶树。

从河内出发,经过230千米的车程到达山罗省北安县,再往前走14千米便到了达索乡中心。这里是汽车能抵达的尽头。租了一辆摩托车骑行了12千米,路开始变得很陡,我便换成步行。在林海中走了三个小时,从一处迷雾中逃脱,旋即又落入另一片云海,最后迷失在了一片参天的茶树林中。这里茶树的茎干强壮,又高又大,像榕树一样威武。苔藓、地衣从它的根部爬到树干、树枝上,大而肥厚的叶子拥抱着青翠欲滴的芽……

我来到了蒙旺村44岁村民莫阿申的家。他和老伴刚从山顶采茶回来。采茶的地方离家有两个小时路程，需要爬过层层的高地和险峻的陡坡。采摘的新鲜茶叶被莫阿申倒入圆形的铁锅中。主人灵巧的双手在粉红色火焰上旋转、翻炒……茶芽随着每一次拨弄而微微卷曲。达索的茶甜香饶舌，水色金黄如蜜，初尝微辛，后甘滑。莫阿申家里有近 2 公顷祖辈传下来的古树山茶。2017 年他一共炒制了两担干茶，售价为每千克 60 万越南盾。

达索乡总面积达 4996.6 公顷，总共有 475 户合计 3037 人，全部为赫蒙族居民。达索乡坐落在终年雾霭笼罩的丘陵山区。达索境内的 3 座山峰雄伟壮观，宛如恐龙的脊背。在这片被称为“云中天堂”的土地上，有一种在越南众所周知的特产，那就是生长在海拔 1500 ～ 2401 米的古树山雪茶。达索终年云雾缭绕，土壤湿度大，气候清凉（地势坡度超过 25°，分界深，断面多；年平均气温为 21℃），为茶树的生长创造了一种不可复制的特殊环境。在赫蒙族语中，“达索”的意思是茶滩，“达索乡”这一名字也就取了这个意思。

当时，山罗省北安县农业和农村发展厅副厅长夏云龙先生这样盛赞古树山雪茶树的生命力：“2016 年年底遇到了寒潮，天寒地冻。只有山雪茶树、移柃树和杉树在寒潮中幸存了下来！”

1982 年出生的莫阿怯在达索乡人民委员会担任民事司法人员，他是一个对家乡特产充满热情的人。他最引以为豪的就是自己 95 岁高龄的父亲依然身体硬朗。他的老父亲经常对子孙们说，从小到大，古茶树长得比人头还高。很多茶树的根部粗糙且长满苔藓，粗到几个人合围都抱它不住。他的父亲也不记得茶树是什么时候长出来的，因为在他的成长过程中，参天的古茶树就已经漫山遍野了。“如果按照我祖父和父亲的讲述，我想这里茶树的树龄应该不下 300 年。饮茶不仅有助于提高生活水平，也能延长当地人的寿命。此外，这种茶树还能防治很多慢性病。”莫阿怯说道。

莫阿怯拥有大约 80 棵茶树，其中大部分是古树。他以家乡的茶树为荣。6 年前，他辛辛苦苦开辟了一条穿山而过的小路，免费带着客人上山品茶。他自信地说这里是达索最美的观云点之一。“我们站在巍峨的山峰上俯瞰云海。在这荒山野岭的黎明或黄昏，阳光柔和普照，金色光辉映照人脸。在那雄伟的山景中，喝着自己亲手摘的茶……多好啊！我爱我的家乡，没有喧嚣、没有猜忌，这里的人和睦相处，互相照顾……”莫阿怯同我自豪地说道。

关于采茶泡茶的经验，阿怯和我分享道：“早上 9 点以后和下午 3 点之前都不要上山采茶，因为那时候阳光强烈，茶叶会损失很多营养，而在采摘、运输的时候，茶叶也容易被踩破。我家采摘的茶叶，一直按照传统的手工方法，在铁锅上用小火慢炒。一般的茶叶能卖到每千克六七十万越南盾。新的嫩芽，价格要高出两三倍。”阿怯表示，赫蒙族人除了爱喝酒，还喜欢用茶叶来防病强身。当地人认为，每天有规律地喝茶会增加抵抗力，让人精神焕发、身体健康，不易生病。如果人得了某些疾病，如水痘，轻度发烧等，可用茶叶煮水进行擦洗，很快便可痊愈。

85 岁的莫阿楼老先生带我去看他们家最大的一棵茶树，其树茎粗到就算两人合抱也抱不拢。当地赫蒙族人茶树的管理方式很大程度上依赖于大自然——不施肥、不喷药，也不用机器来干预收茶过程。茶树，在赫蒙族语里发音是“惹昂”，是药的意思。当地人都非常喜欢喝茶，因为正是这种药用植物帮助人们预防和治疗慢性疾病。到目前为止，达索还没有人患有严重的慢性病。

在山间云雾缭绕的温馨小屋里，当地人邀请我品尝来自达索山林的嫩芽味道。茶水一倒，我顿时闻到一股与众不同的香气弥漫开来，金色的茶汤辣中回甜，这是一种在别的地方体会不到的感觉。难怪梅海在歌曲《达索茶香》里动情地唱道：

高大的茶树，绿叶浓郁的茶香，永存心间，永不褪色……

春天来了，姑娘小伙相约泡茶，许多远行的人心里的乡愁，永不褪色。

茶业的升级密码

贝村的赫蒙族妇女莫氏歌表示，在旺季，人们采集了很多茶叶，但保存得并不好。缺乏制茶机械，每家每户仅依靠手工制作干茶叶，数量一直上不去，茶叶更是没有统一的品牌。所以，上好的古树山雪茶只能卖 1 千克三四十万越南盾。

北安县人民委员会意识到达索是一个珍贵的古树山雪茶原料区，为了达索人民的长远生计考虑，决定开展“达索山雪茶区恢复和发展项目”。北安县县委副书记、县人民委员会主席黎文奇先生说：“北安区已邀请西北茶叶有限公司合作开发该项目，逐步开发达索山雪茶的品牌。”

2016 年 10 月，达索乡人民委员会协助该公司开发了 75 公顷的达索古山雪茶田。由西北茶叶公司提供技术指导，代为采摘和收购当地鲜茶芽进行加工，每年北安县能够炒制 10 吨干茶叶。

西北茶叶有限公司成立于 2015 年，以发展越南古树山雪茶品牌和西北特产为主营业务。该公司以达索茶的第一原料区起家，投资了一条同步、独立的茶叶加工生产线，采用现代技术结合本土赫蒙族的手工炒茶技法制作成品茶叶。该公司生产的产品仍保持了茶叶的传统风味。达索山雪茶按出口标准进行包装，产品可保存 2 年以上，克服了手工茶不易保存的缺点。该公司还帮助和指导当地人如何正确采摘茶叶。市场上鲜芽茶的售价升至每千克 4 万～ 6 万越南盾，是之前同类茶叶价格的 2 倍。该公司每天能加工 15 吨鲜芽茶。目前该公司已有的产品为沙南茶叶，包括茶饼、竹茶、藤茶及由达索山雪茶茶芽制成的沙南茶包。

西北茶叶有限公司不仅生产各类茶产品，还投资开设茶云旅游区，邀请游客品尝达索古树山雪茶和当地赫蒙族特色美食（叔洞酒、黑猪、乌鸡、野菜等）。游客们在这美丽而神秘的产茶区探索自然，体验当地民族文化。

北安县县委副书记、县人民委员会主席黎文奇说："2017 年 12 月 16 日上午，北安县在 2017 年高原商贸文化体育旅游节中举行了'达索山雪茶集体商标授权使用和发展决定'的公开授牌仪式，西北茶叶有限公司正式承包达索乡古树山雪茶生产项目。"

达索山雪茶集体商标授权决定的公布，授予地方企业对地区特产的使用权和开发权，是达索山雪茶茶品牌在越南国内市场发展和推广的重要保障。该企业正着手将产品出口到国外市场。

金菊茶香孝子心

宁平人世世代代都以金菊花茶为豪。相传，这种茶是由丁朝（968—980年）的士兵在浴翠山的山顶哨所发现的，然后才逐渐在民间流传开来。金菊花茶因曾治好阮朝慈裕太后的眼疾而在越南家喻户晓，宁平人也称这种菊花为“王菊”。

故乡的翠山

在宁平省宁平市云山山区的浴翠山脚下、云床河上，流淌着一首歌唱故乡茗茶的民歌：

故乡的翠山啊，

陪我喝金菊花茶，再回来。

或如诗句中写的一样：

回到故乡翠山的人们

金菊花茶的香气中有我们共同的情爱。

这里的翠山即浴翠山，是一座小山，只有70米高，位于宁平市的东北部。山虽不高，却美丽而富有诗意。午后，波光粼粼的山影映照在江河交汇出的水面上。山顶上有一座高耸入云的灵济塔，建于1091年，塔上还刻有张汉超创作的《灵济塔记》。张汉超隐居时，山上建有一座迎风阁。张汉超日日上山赏景、读书、吟诗。山麓还有佛寺，有放有神像的地府洞、水神宫，还有张汉绍的钓鱼台。诗意盎然、名胜古迹众多的浴翠山因此吸引了文人墨客甚至众多君王前来参观、造访。

浴翠山山崖上有当时的步兵尚书兼国子监祭酒阮永绩代

黎圣宗所题刻的诗歌《题浴翠山》，该诗写于光顺八年（1467年），诗文如下：

三折流边浴翠山，
孤高如削玉峰寒。
寻来古寺凌风上，
览尽荒碑戴酩还。
穿密躩疑天地小，
登高顿觉水云宽。
山光不改浑如昨，
回首英雄一梦间。

15世纪，越南文学家阮廌游历浴翠山时，亦题诗一首：

海口有仙山，
年前屡往还。
莲花浮水上，
仙景坠尘间。
塔影针青玉，
波光镜翠鬟。
有怀张少保，
碑刻藓花斑。

许多越南历史名人在欣赏浴翠山美景的同时，也在山岩上题下过诗篇，如陈仁宗、黎显宗、绍治帝、嗣德帝、吴时仕、范师孟等。

浴翠山的山石上镌刻古诗词，它因此被誉为“诗满锦壁”。迄今为止，浴翠山的绝壁上已刻下了越南历史名人的40多首诗文。

治好太后眼疾的神药

在浴翠山上，自古生长着一种黄色的小叶菊，稀有如金，故当地人称它为“山金菊”。因为这种菊花在野外环境中自然生长，沐浴山风晨露而活，所以长得非常纯净。

丁朝时期（968—980年），朝廷在浴翠山上设岗哨，历史上称为“御镇山房”，以守卫华闾城的东南面。相传，看守堡垒的士兵常常会采摘这些稀有的野生菊花来泡茶。

陈朝时期，长安路安宁县福安村（今宁平省宁平市福成坊）名士张汉超建造了迎风阁。相传，他常在此饮金菊茶，在菊花从中迎风作诗。张汉超也在浴翠山上种菊花。他日复一日地浇水、照料这些菊花，并以诗咏志：

雨余开圃移根种，
霜后巡篱摘蕊收。
莫道幽人闲懒散，
一年忙处是深秋。

后来，附近的人们学着先人雅士的喜好，将菊花与茶叶混合，制成一种独特而具有保健功能的饮品，并流传至今。

茶叶鉴赏师、宁平省烹饪研究学者杜名嘉先生说："要喝到一壶高品质的金菊花茶，客人需要精心挑选菊花来配茶、泡茶……所有步骤都得做到一丝不苟。我们应该挑选靠近基部、叶片厚实的菊花。先将采摘好的菊花晒干，然后放入陶罐中，盖紧盖子，放在干燥、通风的地方。茶叶要用上等的绿茶。泡茶的水也必须是纯净的山泉水或从槟榔树的树干上收集的雨水。水烧开后，先将杯子冲洗干净，再将茶叶和菊花舀出。大致先按一朵菊花配三四叶茶的比例放入壶中，倒入开水，轻轻摇动水壶冲茶，待醒茶后将水倒掉；然后往杯里注水等待 1 分钟，就可以得到芬芳淡雅的金菊花茶了。

金菊花茶是一种名贵的保健茶类。喝金菊花茶有助于放松心灵，提神醒脑。有着"海上懒翁"之称的黎友晫在他的《海上懒翁医宗》中这样记述金菊花："金菊花，入肝阳。性味寒无毒，能升亦能降，属阴中阳药，冲入太阴……主治头痛、眩晕、四肢祛风，能益气和血通神，明目，清热，兼治腰痛，能乌发、长寿、防死胎、防麻风病。菊花绿叶治危疾，叶碾碎作酒取汁饮，药渣涂在毒发处甚佳。"

他评价道："菊花香气清新，历经春夏秋三季，吸纳天地之气，可镇静安神，降火明目；它性温和，可治疗多种身体的疾病；它还有补肝肾阴的功能，人们既可以喝，也可以吃，可用于泡酒，亦可作枕头安眠，是药中上品。"

金菊花不仅生长在浴翠山上，也生长在在宁平长安、三谷—碧洞等地的石山上。相传 19 世纪时，在阮朝嗣德帝北巡时曾到这一带游玩。他对金菊花的药效早有耳闻。嗣德帝是当时出了名的孝子，他悉心赡养母亲慈裕太后，并曾将太后的训导编纂成《慈训录》。后来慈裕太后眼疾久久不愈，他寻得宁平金菊为太后泡茶饮用，太后的眼疾才逐渐痊愈。

另据越南民间记载，慈裕太后患眼疾、泪流不止，无医可治。后来，一位传统治疗师求见嗣德帝，表示他可以治愈这种疾病。嗣德帝同意让治疗师进宫为太后诊治。太医随治疗师到碧洞采菊，回宫给太后泡茶饮用。不久，太后病愈，眼睛也恢复了神采。

茶香药贵难比拳拳孝子之心。这就是为什么人们称这种菊花为“王菊”。这也难怪宁平人会为这生长在山崖间的小花而感到自豪。关于金菊花茶的古老民歌至今仍在宁平民间流传：

名贵的山金菊茶，
甜甜的香味随空气飘荡。
喝一口可以长寿，
头痛会消失眼睛会明亮。
家乡的山金菊茶，
祖辈传下来的珍贵特产。

时值清秋，菊花盛开，染黄了山野花田，营造出诗情画意的田园之美。花朵像衬衫上的一粒粒金色小纽扣，又像一个个闪闪发光的小太阳。盛开的花朵簇拥在一起，一丛丛的像天上的星星，聚在一起如秋天的太阳一样闪着金光，散发着清远的芬芳。采摘下来的菊花，晒干后贮藏起来，可供日常饮用或出售给药店。

传说中的云茶

考古学博士杜文灵副教授说:“云山上，盛产美味的茶叶。这种茶是根据当地技术炒制的。色泽红润的茶水深受这一地区人民的喜爱，人们还给这种茶取名‘云茶’。”

为了找到传说中的云茶，我花了10年的时间……

一种神奇的茶种

2002年年底，我偶然认识了一位考古学教授，他是我伯伯的邻居。从他那里，我听说了一种叫“云茶”的神奇茶种。

那位教授说，1967—1973年，在他前往广宁省云屯县的600多个岛屿进行考古发掘时，尝到了一种美味的茶，其茶水鲜红清甜。他又补充道：“‘云村’是广宁省云屯县观澜乡山豪村的古称。该村位于云山东侧，围绕着云山的最高峰——贡丐峰。云山高耸入云，古人故以此为它名。后来‘云’字被用作地名，甚至成了当地特产的名称。云山下的村子叫‘云村’，云山所在的小岛叫‘云海岛’，云海镇的市场又叫‘云东场’，最后这个地区直接被命名为‘云屯’。云山上，盛产美味的茶叶，这种茶是根据当地技术炒制的。色泽红润的茶水深受这一地区人民的喜爱，人们还给这种茶取名为‘云茶’。后来，丐班岛的茶本村开始大面积种植这种茶树，但产品仍保留了‘云茶’的名称。很明显，‘云’是根，在当地民众心目中神圣而根深蒂固。”

那天下午离开后，我告诉自己一定要找到传说中的“云茶”。不过直到最近，我才有机会前往云屯。

我在日落时分到达丐龙镇，并买了一张去观澜乡的船票。当地人说每天只有一趟往返客船，早上 7 点出发，下午 1 点返回。我拿着船票在丐龙镇闲逛。在路边小摊上，我只能看到一些常见的绿茶，而在灯火通明的当地特产店里，也没见到传说中的“云茶”。直到傍晚，从一位年近六十的汽车旅馆老板嘴里听到了一句刺耳的回答：“只知道本森乡那边有人种茶，什么‘云茶’……从来没听说过。”

在海上颠簸 3 个小时后，客船抵达了观澜码头，我坐着人力车进入了山豪村。我让车夫把我拉到云山脚下，司机说他压根不知道云山在哪里。我只好让他送我到村里。在一条曲折的道路上，我看到一位老人正在路边砍柴，我示意司机赶紧停车。

“劳驾，请问云山在哪里？”我问道。

“云山就在这里。”老人笑着答。

“那云茶树在哪里？”我接着问。

“在山顶。”

“那么有做云茶的人家吗？”

“如果你想喝云茶，就去我家吧！”

听了老人的话，我悬着的一颗心终于放了下来。

老人叫和文七，75 岁。他告诉我他的家族在他之前已经在这里生活了 3 代。他一边说一边麻利地冲洗茶壶。不一会儿，他便给了我一杯红茶，茶水红得像嚼碎的槟榔渗出的汁液。随后，他让他的老伴范氏三给我讲起了关于“云茶”的往事。范氏三告诉我，她从18岁到现在一直都只喝云茶。过去，她的祖父母在云山上种了云茶树，供乡里的乡亲们饮用，不过茶叶利润太薄无法维持家庭生活，不得已才改种了橡胶树、白檀。范氏三说："现在还有几分茶田，一年十来斤茶够我们老两口喝了。"老和在一旁补充道："过去，大家种茶是为了自己家喝，现在'为了生计'大部分人都把茶树砍了去种其他东西了。人们现在喝惯了矿泉水和绿茶，喝红茶的没剩几家了。"

在老和的引路下，我来到山的另一边，找到了一位叫"阮氏午"的老人——岛上为数不多的茶农之一。阮氏午老人已经71岁。1963年，她从太平省移居到这里，一开始从事采砂的工作，后来她看到岛上漫山遍野的茶树景观秀丽，出于好奇便喝了一口当地的红茶。从此之后，她便爱上了这种茶。她到处收集茶种，在自己的花园里开始种植这种茶树。现在，她的茶园已经扩大到了0.05公顷，有的茶树已经种了二十多年了。她向我解释了制茶的过程："取一嫩两老三片茶叶，在太阳下晒软，然后压碎；完成后，将其放入气泡袋中发酵一两个小时，直至碎叶变红；然后将其带到厨房，在铸铁锅上炒2个多小时。我炒的茶可以做到四泡之后依旧香甜，所以当地人都喜欢买。"阮氏午还解释说，绿茶生涩、性凉，空腹饮用会导致不适；红茶则不同，性温良，故岛上的老人都喝不惯绿茶。

茶艺村之梦

山豪村村长李国战听说有人专门上岛询问红茶的事，立即找到了我。我们在阮氏午的茶园碰面后，他兴奋地拉着我说要带我上山去看古茶树。

站在山下仰望，山峰呈椭圆形，向上倾斜呈马鞍形，因此人们称其为“马鞍山”。我们花了半小时左右爬到300米高的山顶，看到了沿着溪流生长和柚子树般大的茶树。树茎苔藓密布，树叶青翠茂密。红茶树叶比绿茶树叶更大、更长、更厚、更粗糙。李国战说，他的祖父汤日宗（他的祖先来自中国潮汕，姓汤，他的父亲后改姓李）非常喜欢茶树，不仅跑到马鞍地区和岛上的其他山峰上寻找老茶树采摘，还在屋子的山坡上开垦了一分茶田；他只用看一眼茶树，就知道这棵树能收获多少斤干茶叶。每年，他只在1月和2月（春茶季节）采茶。采茶后，将其晒干、拧干，让茶发酵8个小时，然后把炒茶的锅放在柴炉上（炒茶用铸铁锅，用铝锅的话会影响茶的品质）。在炒茶的3个小时里，他身边已经备好了热水瓶。炒好一批茶后，祖父就去泡上，既是为了自己尝鲜，也是为了分享喜悦。

“祖父每天都会早起泡茶。1980 年，祖父去世，享年 93 岁。”李国战回忆道。

前辈们说，过去，野生茶树生长在云屯岛海拔 150 ～ 384 米的山林溪谷里。封建时期，人们不仅在岛上制作和贩卖云茶，而且还乘船载入广安。云茶是受古代贵族、文人雅士青睐的茶品。自幼与祖父学习采茶制茶，李国战也“传承”了祖辈对云茶的热爱。多年来，虽然很多人都砍掉茶树种上了橡胶树、白檀，他却仍保留着祖先留下的茶树。不仅如此，他还在该地区四处寻访，寻找古老的野生茶树进行标记和保护。李国战估计，整个云屯县约有 500 公顷适合种植云茶的土地，主要集中在茶本村和观澜乡。“如果按照老人们留下的技艺去施种，每千克云茶可以卖到大约 70 万越南盾。不仅如此，生产云茶的传统工艺村也可以成为独具特色的文化旅游产品。我正在写一个项目方案来呼吁各方关注与投资。”李国战说。

如果李国战的梦想能实现，云茶就不会像现在这样稀有了。

我打算买一些云茶回去，找遍了整个岛却没有人卖。阮氏午老人将自己存起来打算过年喝的 2 千克云茶卖给了我，只收了我 24 万越南盾。

自从我在杜文灵副教授那里听说了“云茶”故事的那天起，花了整整 15 年才有幸见到了真正的云茶。如今，斯人已去，只得斟一杯清香的红茶，敬献给为我开启这段奇缘的老师。

千风之都

越南人每每提到太原省定化县都会充满无限向往。它曾被胡志明主席选为安全区，又名“抗战首都”“千风之都”。此地“进可攻，退可守”，是越南北部一个重要的军事要冲。

山明水秀

定化县的地理位置优势自不必说，但我还有一个猜想：胡志明伯伯是个非常热爱大自然的人，对风水也颇有造诣，所以他选择的地点一定是块风水宝地。

来到定化县，游客们的双眼会被这里雄奇而又不失秀丽的奇特景象所震撼——景色在阳刚与阴柔之间不断变化。定化县境内的山势构造呈西北—东南走向，一定程度上造就了境内多山、丘陵与平地相间的复杂地貌。

谈到选择定化作为安全区的原因，胡志明伯伯曾写道：

上有山来下有河，
既有耕地，又有乐园。
直捣敌军总部易，
挥师中央，并无困难。
房舍干爽又舒适，
贴近人民，易守难攻。

来到了胡志明伯伯于1947—1948年曾三次生活和工作过的昆萨村（红山），我非常喜欢这片土地。胡志明伯伯的小屋隐藏在一片绿色的森林中间，邱骊、邱维和红山三座大山将它合围，背后是一片茂密的黑色森林。从这里俯瞰广阔的平原，满目蜿蜒的溪流、绿色的稻田、油亮的棕榈林、起伏的茶山，景色极美。从胡志明伯伯的小屋出发，步行约300米，穿过羊肠般蜿蜒的小路，就能看到一棵有着百年树龄、枝繁叶茂、根茎交错的大榕树。下午，在这棵榕树下，胡志明伯伯会和他的警卫员们在这里打排球、练武。下行数十步，有一块平坦的大岩石，昆萨溪绕着它潺潺流过，溪水清澈见底。锻炼身体之后，胡志明伯伯便和他的警卫员们在这里洗漱、钓鱼。1945年出生的瑶族妇女李氏花在榕树旁卖杂货，她请我休息一下喝口水。闲聊中，李氏花告诉我，她1962年从宣光省的新潮县移居到昆萨村生活，平时会下地种田、种茶……“那棵榕树已经很大了！”她说，“几乎每天都有客人来这里，参观胡志明伯伯的小屋、地窖和屋外的榕树，还有去瀑布、溪流中洗澡……”

迄今为止，定化安全区已开放128处革命历史遗迹，其中包括胡志明主席生活和工作的地方、越共中央机关领导抗战的地方等。这些遗迹分布在整个定化县的恬默（24个）、富廷（10个）、中梁（10个）、定边（9个）等乡。在128处历史遗迹中，13处被越南认定并列为国家级文物、6处被认定为省级文物，其余遗迹已列入清单并准备档案，以供该省鉴定认可。

定化县有许多风俗、传统、节日与当地少数民族独特的文化相关。许多文化遗产在越南久负盛名，包括定化吊脚楼（模型现陈列于越南民族学博物馆）；岱侬沈罗木偶戏（平安乡），曾代表越南参加国际民族木偶节（曾在越南民族学博物馆表演）；每年早春祈求平安、丰收的龙童节等。综上所述，定化安全区遗迹旅游区打破了革命旅游的条框，具备向文化旅游和生态旅游发展的潜力。

茶香漫卷来

定化县的自然土地面积为 51351.4 公顷，其中农用地面积为 11142.9 公顷，占土地总面积的 21.7%；林地面积为 33595.2 公顷，占 65.4%；其余 6613.3 公顷为非农用地和未开发利用的土地。全县有 8 个民族，其中岱依族人数最多（占总人口的 46%），其余为京族、山泽族、瑶族、赫蒙族等。全县辖 23 个行政单位，由 1 个镇和 22 个乡组成。定化县全县民众曾被授予“抗法抗美武装部队英雄”的称号。

绿茶是定化的“明星特产”。定化绿茶通过了越南国内安全食品的标准，在越南国内久负盛名。定化县人民委员会办公室主任蒙廷晶说：“定化县地处越南北部的革命老区。过去，这里虽距太原市仅 50 千米，距首都河内仅 130 千米，但由于没有国道经过，路况不好、运输成本高昂，导致发展工业园区困难重重。因此，定化县将重点转向发展农业经济。定化选择茶树作为主要农作物。目前，全县共有茶田 1003 公顷，当地许多茶农在生产中应用了越南国家食品安全管理模式，生产出来的绿茶干净、好喝。”

早上 6 点，我驱车前往中回乡的琼回村。这是一个以种植茶树为主的传统村落。道路两侧、水稻田旁、鱼塘周围，都种着一床一床的新鲜绿茶。茶山上云雾缭绕，依稀可见几人腰间挎着竹篓，在山坡上有说有笑地采茶。我也高兴地爬了上去和他们交谈。

阮必明正在与妻子和女儿一起采茶。他种植茶树已有 20 年。这个家庭拥有约 0.36 公顷的茶田。清晨，夫妻俩带着孩子去山上采摘新鲜的嫩芽。9 时左右，太阳已上三竿，他们就会停止采摘，以免影响茶芽的品质。他们带回来的新鲜茶芽放在工厂对面的弹力网上（当地人称其为“抽屉”），用风扇吹干后（用机器）将绿色的茶芽盖上。他们通过小火慢炒，使茶叶保持清新的口感。阮必明表示，他们平均每小时可产出 2 千克茶叶。“我家一年会采摘 7 批茶叶，每批可制成 100 千克干茶叶，不算成本总共能收入 5000 万越南盾。”我和阿明越聊越起劲。当我问到他这里的茶会不会使用大量的农药时，他平静而不失风趣地答道：“我们村里最年长的老人今年 95 岁了，一辈子喝本地茶。如果茶叶上喷了很多农药，他怎么可能活这么大岁数？！”

多亏了那个有趣的问题，我顺着线索找到了琼回村茶农嘴里的“老祖”阮伯大先生。老先生于 1924 年出生（时年刚好 91 岁，不是阿明所说的 95 岁），面色仍然红润，说话条理清晰。1964 年，阮伯大带领太平省琼富县琼寿乡先伯村 16 户（1965 年又增加了 4 户）一行 70 余人到琼回村生活并建设当地经济。“党委当时给我们分配了一片茂密、阴暗的森林，”老人回忆道，

“有 7 座山头，1 公顷左右的土地，其中的 0.2 公顷草山上都是碎石，没办法耕种，但是我们坚持下来了。党和政府都支持我们，所以我们逐渐开垦了土地。清理完森林后，我们决定种茶。当地一家茶厂的厂长阿鹏从富寿捡回茶籽带给我们种植，一开始总共只种了 12 公顷。国家后来借了 4 年基本茶叶量给我们。当时，我们一天的工作只有 4 毫（一种货币计量方式），只够买 1 斤米。你想想，那时候一个鸡蛋都要 8 美分，根本买不起。种植 4 年后，我们才开始卖茶。我们采摘新鲜茶叶并卖给工厂。头等茶 4 毫 1 斤，二等茶 3 毫多 1 斤。”

在和老人的交谈中我才得知，到中回乡开垦的全部都是先伯村的人，他们一起过着温馨、幸福、团结的生活。人们用故乡“琼寿”名字中的“琼”字与新家乡“中回”名字中的“回”字，组合成“琼回”为新家命名。2015 年，琼回村迎来建村 50 周年，这也是从事茶叶行当的 50 周年。太平省琼富区琼寿乡的干部群众纷纷前来庆祝。被誉为琼回茶的“老祖”，阮伯大家人和茶树的情缘可谓十分悠久。过去，老两口和 4 个儿子、2 个女儿一起上山采茶，但从 1991 年开始，一家人纷纷买地盖房，做起了买卖，家里的茶田就都租给当地人种了。阮伯大的儿子阮光达生于 1954 年，当兵复员后在当地金英茶厂工作，后任金英茶股份公司副厂长、总经理，现已退休。

不仅是琼回村的民众，茶树也为整个定化县的人民创造了相当稳定的收入。目前，该区域有 1003 公顷茶田，有 9 个茶叶生产加工合作组，重点按照越南国家食品安全标准在区域内建设了一批茶叶生产车间，许多合作组推出了优质茶产品。有了具体的包装、品牌和生产地址，茶叶的售价也因此提升了约 2 倍。定化县努力为每年达到种植 100 公顷茶树而改进技术并引进新品种。2020 年，定化县茶叶经营面积已达到 2500 公顷，鲜芽绿茶产量也已达到了 3 万多吨。

义井水宁山茶

古语曾言：名山有名寺，名寺有名茶。茶与寺自古有着千丝万缕的联系，在荒无人烟的高山上建庙会远离喧嚣。喝茶则有助于提神醒脑，方便修行。越是云雾缭绕的山，越是有宁静殊胜的寺，也越是有醇香可口的茶……

千年古刹

章美县祝山镇宁山村的宁山（凤凰山）距离河内市中心仅 20 千米。

灵通寺建在山顶上，当地人常称它为“高寺”。这是一块钟灵毓秀的风水宝地。宝塔左侧有“青龙”——一条宁静的底江打通气脉；宝塔右侧有“白虎”——耸立的苏所山脉虎踞龙盘。寺前是火精山构成的明堂，靠山则是后方的紫宸山。诚然，此地风水“秀绝南天，冠绝西地”。

在重要的佛教历史文献《禅苑集英》一书中，关于悟印禅师的条目是这样写的：“悟印禅师（1020—1088 年），斯里人，家乡在金白，姓谭，名器……禅师十岁学儒，学识日渐精进，精通汉文梵文。十九岁出家后，认真研读经典，精通了《圆觉经》和《法华经》。在观音塔接受了广治禅师的心印后，他去了宁山，驻锡于应天府，法号悟印……”应天府宁山，现为河内市章美区祝山镇宁山村凤凰山。据此可以认定，灵通寺是越南禅宗无言通派第八代祖师悟印禅师大约于 1050 年建造的。

起初，整个寺庙规模并不大，后来因禅师修行功德远近闻名，为满足一些僧尼和佛教徒的需求，寺院后来不断扩建，渐渐成了整个地区的宗教活动中心。

寺院建筑布局采用“内工外国”的风格，建筑以铁木为主要材料，墙壁用钵场砖砌成，屋顶用瓦片砌筑。中心为大雄宝殿，路径中安设有香炉。大雄宝殿正殿为佛、法、僧三宝，最上层为佛陀三身像（法身、报身、化身），第二层为西方三圣像（阿弥陀佛、观音菩萨与阿弥陀佛），第三层供奉释迦牟尼佛和两位侍者——阿难和迦叶，第四层供奉观世音菩萨像，最底层供奉着九龙座供奉着帝释、帝天。大殿两旁，右侧供奉圣贤，左侧供奉天龙八部。后殿供奉的是德胜文昌帝君。阎王殿两侧各有浮雕 10 幅（9 幅被盗，现仅存 1 幅）。宝刹后面是祖堂，供奉着本寺的开寺之祖。左边是客房，右边是祀母祠。

历经近千年国运兴衰，该寺多次遭毁坏、修复，现仅存两座石碑依旧保持建寺之初的原样。

第一次大修是在后黎朝景兴二十三年（1762 年）。历经数百年后，寺庙毁坏严重，当时灵通寺的副住持海香禅师邀请五福寺住持性慧禅师和他一起主持修复工作。此次重修，灵通寺仍保留着建寺之初的建筑风貌。

阮朝嗣德二十四年（1871 年），由宁山村民出资，心辉禅师主持了对灵通寺的第二次大修。此次重修，灵通寺仍保留着旧的建筑风格。从山脚到寺庙的斜坡添置了数百块巨石台阶。后因战乱，石阶遭毁坏不复存在。

战乱时期，该寺数十年无人住持、维护和保护，因而损坏严重。后来，当地人把寺庙拆毁，改成了合作社的仓库和养殖场，只剩下大殿的佛法僧三宝和破旧的祖堂，其余文物全部遗失。

灵通寺住持释道峰法师说："1992年，当时我是一名男近侍。应当地人的要求，我被派来照管寺庙。看着曾经无尽殊胜的宝刹几乎成了废墟，我不禁心生惋惜。但由于出家不久，经济条件困难，同时又要节省开支，我只能对寺庙进行小修小补，盖好房子作为临时住所。2006年年初，我从河内的越南佛学院学成归来，被正式指派为灵通寺住持。因为得到了当地政府、人民及全世界佛教徒的支持，我决定开启灵通寺建寺以来的第三次修复工作……灵通寺的主要节日是每年农历二月初三，这一天，当地人会隆重举行祭拜德胜文昌帝君的仪式。经历了近千年的历史，沧海桑田，风风雨雨，灵通寺依然巍然屹立在云天之间。灵通寺对越南民族有形和无形的文化都作出了重大贡献，树立了佛教在越南人心中的地位，展现了坚韧和持久的生命力。"

茶缘

越南地质矿产总局地质地图联合会地质工程师阮文松先生说："灵通寺可能就位于约 250 万年前喷发的古火山口上，这片山地的土壤适合种植茶树。数百公顷的宁山地区都被茶树荫掩映着……"

据宁山村一些老人介绍，自古以来，宁山上就长有野生的茶树，寺里的和尚和村民至今仍会将茶叶采回去泡茶饮用。不过，为了通过茶叶改善民生，宁山春梅农场的村民们在几十年的时间里引进了更多的茶叶品种，并在茶树地里套种了木薯、香茅、菠萝蜜、龙眼等农作物。如今，宁山茶林有两个品种：原生型是当地野生茶树品种的后代，其叶小，茎细；春梅农场的引进品种，其茎粗，叶大、肥厚。

58 岁的黄氏贤种了四分茶（根据越南北部亩制，一分相当于 0.036 公顷）。白天，她去山上采摘新鲜的茶叶，并拿到祝山、凤（3 千米外）、贡（十几千米外）等地区的市场上出售。她说："宁山种植的茶叶浇水施肥少，且一年四季都能采收。因为要养树木，村民们只摘老叶、不摘嫩芽。村里没有人做干茶叶。每年农历八月，人们捡起茶果，分离种子播撒，如果下雨天，裂开的种子就会发芽生长。新播下的茶种大约需要一年的时间才能长出茶叶。”

72 岁的阮廷木先生拥有 1 公顷祖先留下的茶树。根据他的经验，在野外阳光充足的地方种植的茶树植株更健康，而茶叶也更多、水分更足。在茶树间种菠萝蜜是最适合的，两者都郁郁葱葱，相得益彰。阮廷木麻利地洗好茶叶给我们泡茶，嘴里愉快地道出了冲泡宁山茶的秘诀：“选择生长在向阳处的茶树，挑选小而弯曲、淡黄色、易碎的叶子（当叶子折叠时会发出噼里啪啦的声音）。这种茶叶泡出来的茶水喝起来微苦，但很快就会有回甘的口感，我叫它‘幸福茶’。小心，可不要混进其他的茶叶哦，因为口感会被破坏。带回的茶叶须洗净、轻搓、放卷。将沸水倒在茶叶上，然后立即倒掉水，这个步骤称为‘漂白’或‘羽化’。之后，再倒入清水，冲泡 10 分钟左右，一杯甘甜芬芳的茶就泡好了。如果是煮茶的话，那就把茶放进壶里，加水煮几分钟，然后倒入一勺凉水，必须是凉水才能激发茶叶的香甜感……”

1998 年年底，我在大二快结束的时候，突然发现自己和佛门有缘。以前在我的脑海里，全副武装地站在门口的佛教护法天神就是那种怒目而视、胡子拉碴的邪神形象。直到我隐约看到寺庙院子里一个身穿袈裟的僧人影子，挥舞着扫帚在安静地扫着榕树叶，就像话剧《观音示经》里面的场景，我的认知才发生了变化。第一次拖着疲惫的双腿爬上位于宁山的灵通寺，我略显笨拙地双手合十，嘴里念着“阿弥陀佛”。

“寺里有义井水泡的宁山茶，你喝喝看感觉味道如何。如果你不醉茶，证明和佛寺有缘。”有一天，风铃响起，在灵通寺的茶水桌上，释明春法师递给我一杯茶。我喝过很多种茶，有越南的太原新疆茶、河江山雪茶，中国的龙井茶、天柱山茶、铁观音、武夷岩茶、蒙顶茶……但我还是惊叹于山顶古刹里的新茶。我头一次感到了醉意，醉倒在这金色的茶汤里。释明春法师微微一笑，说道：“修行就像喝宁山茶，下定决心，就会习惯，否则只会误入歧途。”一天，两天……俗世红尘中的我渐渐习惯了聆听佛经，习惯了这山顶古刹的俭朴生活。后来，每天上学或下班回家，我都会去村里的义井打 20 升的清水背到寺庙，将它倒进一个水罐里。禅师再把水烧开，泡制从寺庙花园里采摘的新鲜茶叶。

阳光明媚的日子里，我们师徒二人绕山而行，俯视村落，静看世俗日常。禅师说：“义井就是龙的肚脐，井水永远不会枯竭。哪怕在最干旱的时候，也都有丰沛的井水。”接着，禅师笑道：“你能回到寺庙，养成每天下午到义井取水上山泡茶的习惯，就已经开启了修行的第一步。”说罢，我俩同时笑出声来，那笑声在风中和庙宇的钟声中久久回响。

义井水也见证着我和我父亲的故事。当我父亲从我朋友那里听说我已经住进灵通寺后，便从老家走了老远的路，来看看我的近况。那天下午，禅师有事外出，庙里也没有其他香客，我和父亲坐在一丛茶树旁。寺庙中清风拂面、香气幽微。在询问了我爱情、家庭、学习、工作的琐事后，父亲突然问起我会不会剃度出家，我当然安慰他不会。直到今天，我父亲还会大声提醒我:“寺庙很好，但它只适合那些想逃避生活的人。小小年纪，受过良好的教育，怎么能想着躲在寺庙里呢？！”每次我都简短地回复他:“是的，请爸爸放心！”我很困惑，我不知道如何处理这件事。因此，我每次都是用开玩笑的口吻回应他道:“我只是去义井打水，上宁山泡杯茶罢了。”

宁山村村长阮如胜说:“虽然经济价值不高，但村民们几十年来一直坚持种茶，保留家乡的特色产品，努力使凤凰山、灵通寺、义井水、宁山茶成为当地独特的旅游名片。”

留住桂陶的那抹红

制作优质桂陶需要“天时、地利、人和”。底江边的桂陶窑历经了500多年的风雨，炉火依旧熊熊……

能去酒毒的神奇陶罐

桂镇陶器体现了底江边的半山地文化，在越南是著名的手工特产。

提到桂镇陶器（产于越南河南省金榜县桂镇决城村），人们立即想到其“解酒毒”的神奇功效。任何一种酒，在桂陶制成的罐子里存放 3 个月，里面所有的醛类物质都会被消除，据说因为这些醛类物质会穿过桂陶罐壁挥发殆尽。容器外壳越厚，脱醛效果越好。如果天气阴沉，你看陶罐壁像是要长毛的样子，那么就证明醛类物质已经渗透出去消失了。虽然能挥发掉醛，但酒精浓度却不会降低（白酒需要贮存 3 年才会降低 0.5°）。“我们通常将白酒储存在罐子里 6 个月，然后再拿出来饮用。最好将罐子放在阴凉的地上。”富妥陶器厂老板兼决城村陶器合作社主任阮德富说道。他从自家的地窖里拿了一罐酒。我把手放在罐子的侧面，感觉很凉爽。打开封盖，香气四溢。我把酒倒进杯子里，抿了一口，感觉像喝冰镇啤酒一样顺滑、清凉。阮德富告诉我，这罐 40° 的白酒已经放了 3 年。

决城陶村的酒瓶酒罐，因其神奇精湛的脱醛功能而在越南家喻户晓。饮酒者不仅无须再怕中毒，酒的口感也更胜一筹。这种独特之处取决于这里的土壤具有脱醛的特性。阮德富表示，用来制作陶器的黄黏土非常珍贵，因为这里紧邻底江，每年都会被洪水淹没，冲积的泥土大量堆积，所以取之不尽、用之不竭，而这也就构成了桂陶器皿的“天时”。

55 岁的阮德富说自己在娘胎里就会制陶。他告诉我，在丁川（决城村的旧名）没有人知道制陶这个职业的祖师爷叫什么。他只是听长辈说，500 年前，清化地区有个陶匠路过村子，他喜欢这里的风景，就开始教村民做陶器。此后，全村都尊他为制陶祖师，但没有具体记载他姓甚名谁。村里人为感谢他，尊他为村神，在公宅内设神坛，每年农历正月十五、十六两天举行村祭，以感念他的恩德。

过去，定川人专门制作石棺、坛、罐、臼等陶器……用的是蛤蟆炉，燃料是木材。阮德富的父亲阮有峰在每次烧炉子时，都要用水弄湿衬衫，然后穿上它以降温。一般，要烧 3 天才得一炉陶器。跟随父亲的脚步，他也学着烧蛤蟆炉。2014 年年底，他第一个在村里烧起葫芦炉，将燃料换成了煤气，每个炉子的容积都超过了 2 立方米，烧一次需要 1.5 公担的煤气。整个烧制过程从 3 天缩短为 1 天，而且温度可以自己调节，制出来的产品也更美观、损耗更少。富妥陶器厂一开始有 6 名工人，生产产品包括酒壶、茶壶、花瓶、罐子、浮雕、雕像等。每年阮德富都要烧 15 ～ 20 炉，每炉利润 1500 万越南盾。富妥陶器厂最有特色的是粉色陶器，最优质的产品类型则是酒瓶。“每烧一炉可以出 1000 个酒瓶，一年能烧 10000 个，酒瓶容量从 0.5 毫升到 110 毫升都有，价格从 45 万越南盾一支到 130 万越南盾一支不等。”阿富介绍道。

关于“解毒陶罐”的故事，阿富说道:“10 年前，河内一家餐馆的老板来我们村，买了个坛子回去泡酒埋在地下。10 年后，他挖出来觉得酒的味道好得不得了，就开始大量订货。一传十、十传百，所以这几年村里装酒的瓶瓶罐罐，都卖得非常好。”

这也是村民检验陶器质量的一种独特方式。他们把度数很高的酒倒进波纹铁皮遮盖下的陶罐子里。一年后，连上面的波纹铁皮顶都生锈了，陶罐周围看起来也长了白色的霉菌，但是罐子里的酒依旧没有一丁点的流失。这才是这个行当的“金标准”。

阿富接着说:“我们为此还邀请化学专家来检测过，结果证明这种陶器确实能去掉醛类物质。波纹铁皮锈迹斑斑是因为酒精的醛类物质渗透挥发烟雾造成的，而那些像白色霉菌的东西，也是由陶瓷中的矿物质结合醛类物质渗出的‘酒毒’。”

不仅“解毒陶罐”闻名，用桂陶做成的其他陶器也非常地“神奇”。用桂陶陶器来泡茶，不仅透气性好，还能保证茶香不散，增加清爽的口感。用桂陶做成的容器盛放汤锅、砂锅、火锅，还有助于菜肴补香，改善其口感。因此，武大村的红烧鱼店、宁平山羊火锅店、河江山雪茶商等许多商户都在寻求与桂陶牵手，以提高产品的质感。

坚守匠心

村里有名的陶艺家赖俊山先生坦言：虽然世事变迁，但决城人仍抱有匠人的精神，重质不重量，严格遵循祖辈的经验与德行。用他的话说，好的陶器需要“一物二火三型四置”。也就是说，原料是摆在第一位的，然后是烧陶的火候和技法，再就要看陶器的整体造型，最后是陶器上的花纹排列布置。如要得到一件精品，上述步骤需要完美配合、缺一不可。

这里的人制作一件陶器要完成 28 道工序，每道工序都需要辛勤和汗水。

首先是挖掘原料。掘土需要深挖 1 米以上，才会得到金黄、细腻的黏土。每年农历十一月左右秋收之后，先翻动田面的泥层，然后拿铁锹（长约 40 厘米）挖掘黄黏土。最好的黄黏土一般在 3 米深处，再往下挖土质就不够老了。未成熟的黏土以后会上浮成为新的黄黏土。挖好的土堆需要在院子里日晒雨淋整整一年。接下来，将这些土壤放入一个高缸中进行过滤。黄色黏土会逐渐渗入下槽，留下的粉末如胶水一样柔韧，然后除去水分，放置在阳光下晒干。约 10 日后，取此泥粉，揉之塑化，塑成泥胎。塑泥、造芯、造型的阶段，需要工人有经验、有匠心、够细心。传统陶艺师采用一种普遍的“拍、击、敲、打”的技法。这种传统的塑形方法需要工匠在转盘上有节奏地手脚并用，一边拍打、一边用脚有节奏地控制转盘（现在转盘已经使用电机转动）。根据原理，外手支撑，内手制胆，从下到上磨光。产品匀称圆润后，工匠会进行切割、打磨、装饰、上色、上珐琅等步骤。从业 40 余年、如今已 61 岁老陶艺师赖文进说：“施釉是造就桂陶美丽的关键步骤。工人们必须使用当地才有的朱砂土，将它碾碎，加水调和，再将半成品浸入，晒干。这层朱砂土会使陶具在 1200 ～ 1300℃下烧制后呈现鲜艳的赭红色，像少女涂上胭脂的嘴唇一样艳丽，并散发出如乡村花田般的甜香。”

干燥后的陶器须放入窑中。陶器的烧制要经过烘干、退火、浸泡和烧制四个阶段，其中烧制被认为是决定性的阶段。根据他的经验，工匠要在整个燃烧过程中控制火势。烧成后，得全部密封炉门，待产品冷却三四天，然后再出炉检查。

赖文进说：“如果按传统技术用煤或木柴烧制，需要 15 天才能得到成品。一个好的工匠只要闻一下出窑的陶器就知道熟没熟。火候不到和烧过头了都不行，那样的产品既不美观也不耐用。只有有经验的工匠才能决定什么时候该灭火。”

赖文进接着说道：“学做桂陶需要脑子聪明的人，一般需要 7 年的时间才能出师。如果想要成为艺术家，则需要学习一生。桂陶制品不偏重于外表，更偏重陶器的‘灵魂’和耐用性，不耐用的废品会被立即丢弃。”

为了测试陶器的耐用性，这里的人们有自己的绝招。第一种方法是用金刚石刀片切割陶器。如果陶器立即破裂或出现深沟，则为次品；如果没有瑕疵，则是合格产品。第二种方法是将水倒入密闭的陶花瓶中放置。一年后，如果罐子里空空如也，就证明这个花瓶做砸了。这种花瓶要么火候烧不够要么烧过了，根本存不住水。第三种方法是测试桂陶的一个独特之处，就是在波纹铁皮覆盖下的陶罐中盛放度数高的酒。一年后，如果波纹铁皮已严重生锈，陶罐周围出现像白色霉菌的东西，而瓶中的酒却依旧分毫不差，证明这是合格的桂陶罐。

决城陶器主要是手工制作，只有少数步骤会使用到机器，如土磨机、电动车床、电旋转台。桂陶行业的四大标准为“材料、烧制、形状、纹样”，都产品达到标准，才算合格。因此，这里所生产的桂陶产品兼具家居和美学元素，深受越南消费者的青睐。此外，桂陶还出口到日本、法国、美国等地。目前，决城村每年生产约 600 万件产品，主要是酒壶、茶壶、罐子、花瓶等。据统计，每年该行业消耗的土地量为 400 立方米。

薪火相传

“过去，与决城村隔江相望的卷村专门为决城村人提供黄黏土制作陶器，所以也叫‘决卷陶’。那里的黄黏土非常适合制作陶器。我们的陶器也经常往那边卖，通常都会被哄抢一空。”阮德富说道。据他介绍，附近黄黏土的储量很大，挖1米多深就能挖到了。当然也得留出土地给农民耕种粮食。据估计，这里的土地储备至少还可以用500年。多年前，很多人不得不去玉山乡、东和乡买地。“那时候挖地就像偷东西，因为随便拿走黏土会被警察罚款。幸运的是，从2012年开始，各级政府下发通知，规定决城村在有需要时，可以自行决定开拓土地。直到那时，村民们才结束了他们的尴尬处境。”阮德富说道。

拥有土地来源是决定决城陶器制作的关键。1959年起，为恢复和发展制陶艺，政府成立决城陶业合作社。起初，陶器只集中在下村一带，上村人烧不了窑，只好到下村打工。1989年成立了桂镇，下村以合作社名义改名为“决城村”，从原来的丁川村中分离出来，从此成了一个独立的行政单位。不过那时决城村发展得并不理想，窑炉逐渐冷却、消失。少量的产品只在越南国内流通，没人敢投资改进技术、创新设计……

幸运的是，2004 年，越南河南省人民委员会发布了一项决定，承认决城陶瓷传统工艺村正式成立。此外，赭红色的传统陶器得到广泛推广并获得大众的了解。优秀的工匠也因对手工艺村发展作出的贡献而受到认可。

在十多年前的顺化旅游文化节上，陶艺师赖文进代表决城村成为唯一一位获得精英奖的人。他的作品《二龙赏月》，又称《卷龙图》，灵感来源于巴丁塔塔梁上的雕刻。玉山巴丁塔是桂镇的一个风景区，距离赖文进的陶窑仅 1 千米。那次文化节上，赖文进还签署了一份合约——在南定帮助恢复一处庙宇的 10 个陶瓷珐琅龙头。这个庙宇始建于陈朝时期，龙头因故被毁。赖文进不负众望，复原的作品活灵活现，重现了这个庙宇神圣、威严而又不失亲近感的神采。

赖文进一生与陶艺结缘，见证了故乡村落的兴衰。他记得，陶瓷工艺村曾一度陷入困难之处境，无法发展。因为很多产品无法与市场上的其他陶瓷产品竞争。许多工匠离开去做其他工作，还有一些人加入了河内钵场陶瓷生产厂。赖文进也到河内钵场做过雇工、制作过陶瓷制品。不过，后来他突然意识到，这不是他想要走的那条路。当他家乡的陶器没落后，他毅然决定返回家乡。

目前，陶艺师赖文进在决城村为许多厂家提供设计服务。对他来说，这是一份让自己充满激情的工作，他将爱融入陶艺，回馈自己的故乡。他设计在罐、瓶、茶壶上的花卉（松、菊、竹、杏)、飞龙、舞凤纹饰极为精美。他有时需要花一整天的时间才能设计出一张满意的图案。他认为，如果不努力有所作为，提高陶器的艺术价值，决城陶瓷手工艺村将很难在日渐多样化的陶瓷市场里占据一席之地。

决城村的陶瓷生产厂着力于投资机械和设备，以提高生产力和产品质量，更好地满足消费者的需求。然而，工人们仍然有顾虑，尤其是人力资源的质量。全村 212 户合计 700 人，仅有红陶窑 4 座、从业人员 70 人，其中技术人员仅 20 人。据阮德富介绍，合作社主要依靠指派户口吸引年轻人来这里工作，否则他们学成之后就会全部离开。

2010 年，越南河南省科学技术厅已正式认定决城美术陶瓷品牌。目前，决城村陶瓷合作社还在积极促进集体品牌发展。

以诗传德

每个星期四的晚上，村里的大喇叭不通报治安秩序情况、农作物除草施肥的进展情况，而是如饥似渴地朗读和评论诗歌。为培育诗坛新秀，庙村每年都会举办诗词比赛，招揽人才。2007 年，越南作家协会选择在这里举办越南诗歌日比赛活动。谁也没料到，这个底江畔的村庄 9 个月之内得到了越南全境专业诗人的积极响应，竟征集到了 3000 首参赛诗歌……

NGƯỜI LÀNG CHÙA
LẤY ĐỨC LÀM GỐC
VÀ LẤY THƠ
ĐỂ TRUYỀN ĐỨC
"Lời người làng chùa"

没日没夜地写诗

庙村是河西省（现已并入越南首都河内）应和县山公乡的一个村庄，又名“黄杨村”。

庙村静静地坐落在底江边。一阵清风拂过，我在村口的大牌坊上看到用汉字写的“望字入出”四个大字（意为“看字就知道怎么进”）。正低头往村里走，一个8岁左右的男孩子突然出现在我眼前，淘气地问道：“叔叔又来问诗啦？”这孩子仿佛见惯了我这样的陌生人，骑着单车领着客人们疾驰在铺着密密麻麻石板的村道上……只听他唱道：“手播稻种口播言，无食不能行方便，无言路径不得见，诗中无谷也无稻，愿为劳者种福田。庙村以德为本愿，以诗传德千百年……”

我拐进了一条小巷，推开一扇已经随着时光流逝而变得皱巴巴的木门，忽听这小孩提高了声音：“叫声大伯有客上门，见面便知远道而来。”还没等我反应过来，小孩已捂嘴偷笑着骑车跑没影了。

我刚坐在一条用牡蛎贝镶嵌出纹样的长几上，庙村诗会主席阮嘉字先生紧随其后，并附上一首诗：“本村男女老幼，没日没夜写诗。”庙村的故事，如诗一般热闹，时而如六八体般悠扬，时而如五言四绝一样滔滔不绝，时而如自由体般豪放洒脱……在阮嘉字先生看来，庙村是一片天才之地，村里历来有爱好文学和诗歌的传统。诗歌就像大米、玉米、土豆、木薯……在他们的生活中不可或缺。20 世纪初，在庙村有两个文学社，成员都是些老学究。他们生活规律，经常在赏月的时候，端着一杯温酒、点着一壶香，吟诗作赋。好景不长，后来国家遭受战乱，两个文学社也解散了。然而，庙村人对诗歌的热爱却依然十分浓厚。

1982 年，曾在学术上受到保大帝嘉奖的阮称德（又名“翰盛”）经过多年的游历，回归故乡过上田园生活。带着恢复庙村诗歌的决心，8 月 20 日，阮称德和他的祖父母吴德平和吴嘉收成立了一个由 10 名成员组成的收集庙村诗歌的小组。为庆祝诗坛的复兴，庙村村民邀请诗人范进熵来诵诗、谈诗。当天晚上，楼下巷子里满街的亲戚都热切地拎着提油灯，气氛就像过节一样。村公屋的静谧空间里，在百盏油灯的奇幻灯光的映照下，《长山东，长山西》的作者轻声吟咏、纵情谈诗，引来村民们一阵阵欢快的掌声。

难得找到这样一个地方，村民们像崇拜神灵一样崇拜诗歌。吟诗作赋成了当地人的一个看家本领，仿佛男女老少呼吸之间都可成诗。

沐浴在诗意的空气中

每天沐浴在诗意的空气中，祖祖辈辈在庙村生活的人都颇有“腹有诗书气自华”的感觉。

庙村诗会主席阮嘉字出身于书香门第，从他的祖父阮嘉克到他的父亲阮嘉继，再到平辈兄弟姐妹阮氏珠、阮嘉泰、阮嘉绥，甚至到 11 岁的孙子阮英君都因擅长写诗，在当地颇有名气。

在庙村另一个吴氏家族里，吴写本老先生也将他对诗歌的热爱传给了他的儿子吴孟强和孙子吴孟勇……但庙村现今最杰出的诗人还是年过八旬的阮嘉继。虽然他身体已佝偻、头发已花白，却依然每天坚持读诗。乡亲们总爱谈“诗”，生活也妙趣横生。有人悄悄分享了一个阮嘉继老人的趣事：“有一次，阿继公走了七趟都记不住自己家的田在哪儿，一听诗就想起来了。”

“诗歌对我来说就像食物和水，一天不读诗不写诗，我就全身难受。”阮嘉继老先生说道。身为庙村人，他从小深受家庭熏陶，醉心学习中文、法语、越南语，大量阅读书报，通晓东西方典故，很快在村里名声大噪。他 15 岁时写出了人生的第一首诗，于 1946 年携此诗参加庙村文学会举办的声援民众学术运动文学比赛，荣获二等奖。该诗云：“执笔者杀愚，执枪者杀敌。全民勤学习，守河山千里。”虽然奖品只是一把纸扇，却被阮嘉继视若珍宝。在那把扇子上，评委题有几句诗句：此扇风华绝代 / 如雨露润良才 / 献给文学青年 / 祝你获得亚军。那首诗获奖之后，1952 年，阮嘉继还参加了一位诗人以“男孩与鸟”为主题举办的诗歌比赛。比赛是由一位在河内从事传统医学工作的庙村人发起的。参加这次比赛的有当时河内著名的文学家和儒学家。不过，令人惊讶的是，年轻的阮嘉继赢得了第一名。他的诗句揭露了当时法国侵略者对越南人民，特别是对当时的青年阶级的欺骗和压迫：虚无的富贵都是假象 / 有什么荣华比自由可贵。1995 年，阮嘉继再次在诗歌比赛中获奖。1999 年，他还在庙村诗会举办的“感谢党和祖国”诗歌比赛中获得一等奖，从此被亲戚尊称为“诗歌状元”。

来继翁家做客的客人，都有机会与老人切磋诗艺。他兴奋地给我朗诵他最喜欢的《金云翘传》《征夫吟》《蓼云仙传》的节选，以及陈济昌、阮劝、世旅、制兰园等越南著名诗人的诗歌。他爱诗几近痴狂，年逾八旬，依旧诗书不离手。村里人对继翁的博学和勤奋都敬仰万分。

继翁的诗词被几代庙村村民所传诵，特别是一首名为《整妻》的诗。这首诗创作的灵感来自继翁的妻子打骂儿女事，继翁则用富有哲理的话劝诫妻子并警醒自己：不用言语教导孩子，竟然改用鞭子打他？连我父祖都被你骂，慈母难道这样当吗？连继翁自己也没有想到，这首诗不仅规劝了他的妻子，还被神庙村的男人口口相传，用来劝导自己和家人的言行。

如今的继翁，虽年事已高、眼花背驼、行动迟缓，但他对诗歌的热爱依然如年轻时一般强烈。每天，他依然读书作诗，前往多家诗社交流，并定期参加庙村诗会。他还提炼出一些简短的心语，教给孙子、孙女和村里的年轻人，比如“作一句诗是爱自己，作两句是爱花朵，作三句是爱众人，常常吟诵好诗篇，切勿再说伤人言”……

另一位获得“诗歌状元”荣誉的是陈登宁中学10年级学生吴氏钗。吴氏钗的家境特别困难，父亲患有精神病，母亲因受不了丈夫的毒打，抛下刚满两岁的孩子离家出走。从那以后，阿钗不得不和外公外婆一起生活。悲伤多于欢乐的生活使阿钗将诗歌视为一种对抗灵魂孤独的方法。在庙村诗会举办的一次适龄学生诗歌比赛中，阿钗一首名为《为我母亲悲伤的夜晚》的诗歌以感人至深的思念之情获得一等奖。“衣服破了用针缝补。妈妈，我想问您，破碎的心用什么缝补？”，这一句感动了无数人……

庙村还有一个特别之处在于，即使很多不识字的老人也能随口说出诗一般的句子。阮氏升、阮氏丝、高氏古、阮氏筹这几位老人已经年逾九旬，他们经常吟诗。想出一首诗，老奶奶就会念给孩子们听，随后孩子们会把诗抄在纸上，然后恭恭敬敬地交给她们。不仅如此，村里的大喇叭还会时不时播放老人们作的诗句。

村民们走到哪里，身上都带着笔和纸。有个路边的大姐给我讲了一个有趣故事，说一个人去耕地忘记了带笔和纸，当他想到诗歌时，发现自己竟忘记带纸笔了，就一路狂奔回到家，把诗写下来之后才再回去干活。

诗村

1998年，“庙村诗集收藏小组”正式更名为“庙村诗会”。诗会聚集了50位村里最优秀的诗人（年龄47岁到89岁不等）。他们收集村里最好的诗歌，邀请村民参与活动。每周四晚上，诗社组织朗读、评诗广播节目时，这里的人们都翘首以待。“诗歌电台”的节目永远是庙村村民们一天忙碌生活后不可或缺的精神食粮。还有一些在美国定居的庙村人也纷纷寄来诗歌参加节目。就连一些四五岁的孩子，也能记住并背诵许多人们在广播节目里读的诗：“天河之水时而满时而涸，汇成一溪流向大海。庙村的诗歌时而温暖时而忧伤，诗歌成了我们最忠诚的伟大信仰。”

诗歌是庙村村民世世代代的骄傲，所有的诗都来自他们的日常生活。这些诗歌虽不一定押韵，也不一定平仄工整，但总是受到村民的热烈欢迎。它们蕴含着村民们相通的心路，教人勤劳朴实，充满教育意义，所以能代代相传。例如，“诚言奉劝误入歧途的人，卖淫吸毒害你终身；远离这些不法行为，黄赌毒不会为你带来幸福；非法经营会受惩处，没有能够逍遥法外；让我们一起守护明天……”有人自称忙于工作，疏忽了父母，立马被人赐诗讽谏：“拿敷衍当孝顺，抚养才没几年，到处邀功。爷爷奶奶活着，子孙不愿抚养，可怜可怜。活的时候不管，死了哭天抢地，可叹可叹。孝顺若是如此，不如撒手不管……”由于这些诗歌讽喻直白，很多人因此改掉了他们的恶行。

“庙村有1400多人，但几乎没有人品行有问题。”庙村村长兼诗会副主席黎春宠说道。诗人杨乔明，这位原河西省文学艺术协会主席也说：“庙村人继承了祖辈创作民歌和谚语传统，用诗意的语言来表达、启迪、教育和激励人们除恶向善……庙村是真正的‘诗村’。”

庙村人酷爱诗歌，逢年过节、婚丧嫁娶、祈福长寿，都会通过诗词寄托喜乐哀愁，他们仍对1984年诗人阮光绍婚礼上的诗歌晚会记忆犹新。当时，新郎阮光绍和嘉宾英诗、范进熵、阮维、张仁玄等创作的诗歌朗诵声交织在一起，婚宴变成了一个特别的赛诗会。

庙村的诗书盛名吸引了许多文人墨客纷纷前来拜访，他们都想要亲眼看看当地的“园林诗人”朗诵诗词。公屋门两边张贴着的“拜访庙村的诗人和作家名录”上现已达到近百人，包括范进熵、素友、阮维、有请、凯文·波恩（美国）等。

每个人都惊叹庙村人对诗歌的热爱和天生的才华。诗人黄豪更是无比激动地写道：“庙村遇见诗人，握手方知时节刚过。摸摸自己的衣兜，随风翻开诗集吟诵……”

腊月间的六次“画市”

据对越南民间绘画研究最深刻、最多元的莫里斯·杜兰德在其笔记《越南民间绘画》中介绍，每年，在农历十月农忙之后，东湖村的家庭就开始为来年正月二十才结束的年庆活动印版作画。他这样描述道：“春节前夕，年画满大街都在卖，虽然不一定是价值连城的作品，但人们乐于把它贴在屋里或在公共场所。它们是采用代代相传的技术手工制作的产品，灵感来源非常多样和丰富。”

一个非常独特的集市

东湖村是一个非常古老的村庄，位于河内市以东约 33 千米处。

西尔维·弗朗切特在《探索越南手工艺村：围绕河内的十条路线》中这样介绍东湖村：“该村的绘画行业出现于 17 世纪初的黎敬宗时代。1938 年以前，全村有 200 户人家作画。画作为版画，用色板手工印刷，每种颜色使用一次，最后用黑色描边。东湖画纸又称扇贝纸，是用海中薄壳扇贝压碎与湖水混合制成。画中所用的颜色都是由植物制成的自然色，如黑（使用煤松或竹炭）、绿（使用铜锈、蓝靛叶）、黄（使用黄花）、红（使用赭石、酒木）等。”

卖画集市于每年腊月初一、初六、十一、十六、二十一、二十六日在东湖村公屋及其周围举行，一直维持到 1944 年。这是一个非常独特的集市，一年只会举办六次。而春节是越南人一年中最重要的节日之一。

诗人黄锦于 1948 年 4 月在《横跨陇江》所写：

横跨陇江，

祖国田间糯米飘香，

东湖画上的鸡与猪在莎草纸上闪耀着民族色彩。

“民间绘画艺术家在每年农历十一月工作最多，为一年中画品最畅销的春节准备年画。春节来临时，民间绘画会在首都河内和其他的红河三角洲村庄里出售。”《越南民间绘画》一书的作者莫里斯·杜兰德这样写道。

陈继昌在《春》一诗中写道：“鞭炮在外面噼里啪啦炸响，墙上一张画着鸡的年画闪闪发光。”

谈论年就不得不谈论年画。以前卖画的旺季主要是过年期，农村人买画贴墙上，到年底又撕下来贴上新画。越南的歌谣里唱道：

做官只有四把金伞，

不如过年去村里卖画。

88 岁的画家黎辉焕 8 岁就开始学习版画。他还记得当年的场景：五更天早鸡未啼，陇江码头已停泊不少大船小船。腊月初一，东湖公馆正式开门迎客。

交易区的人们带着各类商品前来：清艺坊的人带来了鱼露，平陆坊带来了丝绸，洞海人带来了莎草垫，富寿坊的人带来了柑茶，永保人则带来了水烟袋……忙碌的买卖双方，可以用钱支付也可以以物易物，交易过程不带任何附加条件。

春节临近，黎辉焕和兄弟们也已经习惯在公鸡打鸣之前起床了。他们帮母亲把画抬到公屋的院子里去卖。黎辉焕用竹夹把《四美评翘》的画串在一根麻绳上。《肥猪满圈》《莲花与水牛》《荣华》《富贵》等几幅小图也被他整整齐齐地叠在垫子上，供商户挑选。

每年过年，来自各地的客人都会从黎辉焕家买走近千幅画作，这是很常见的情况。因此，即使全年只在腊月开市 6 天，黎辉焕家也要赶在中秋节前备货。即便如此，画作有时也供不应求。

挂东湖画逐渐成为整个越南北部的一种春节年俗。那个时候，新妇去春节市场可以忘记买鲜花和鞭炮，但如果她忘记了在东湖村买上一幅画着鸡或鲤鱼的年画，公公就会摇头表示不满。新年画用以祈求新的一年平安吉祥，直到岁末年画才会被换掉。

据对越南民间绘画研究最深刻、最多元的莫里斯·杜兰德在其笔记《越南民间绘画》中介绍，每年，在农历十月农忙之后，东湖村的家庭就开始为来年正月二十才结束的年庆活动印版作画。他这样描述道：“春节前夕，年画满大街都在卖，虽然不一定是价值连城的作品，但人们乐于把它贴在屋里或在公共场所。它们是采用代代相传的技术手工制作的产品，灵感来源非常多样和丰富。”1957 年，他在河内对春节画的制作进行了调查，“我看到了 30 万幅素纸画和 2000 幅套画，每幅画在强化纸上的作品都有不同的主题。不过这个数量仅占 1940—1945 年间的年画作品的 1/6。”越南北部民众对春节年画的需求竟如此之大。鉴于这么庞大的需求，东湖画市场自然非常热闹。

但随着法国人入侵越南，东湖村和东湖画都被尽数焚毁……

后来，虽然迎来和平年代，但直到 1969 年这个行业才逐渐开始恢复。东湖村里的老年人被分配到画师阮友杉领导的农业合作社绘画组。绘画组一直维持到 20 世纪 80 年代末才解散，因为政府只下令印刷绘画并没有安排渠道将其卖出。那个时候，人们连饭都吃不起，哪有钱买画。百年老画板有的被当作砧板切菜做饭，有的用来盖鸡舍屋顶或改作器皿。

“绘画组解散的时候，我师父自掏腰包买回了画板。即使米不够家里人吃，他也不忍心看着这些有着 500 年历史的文物被砍成柴火、做成砧板或是用来盖鸡舍、猪舍的屋顶。”阮友杉的儿子阮友果回忆道。

东湖画无处不在

每一张东湖画都包含着创作者的心意。

从前，每年农历八月，整个东湖村都会响起一片凿画版的声音。那时，村里的孩子们在《金云翘传》的图画和诗句中长大，早已习惯颜料和纸张的味道。六七岁时，孩子们就会帮家人制画，到八九岁，他们已能印出人生的第一幅东湖画。大人们穿梭于各地寻找原料，从寻找柔软、光滑、细腻的木板制作画板，到前往海防寻找碎贝壳制作白色颜料，至北江寻赭石，到谅山寻蓝叶……忙忙碌碌，争分夺秒。腊月临近，整个东湖村，从公屋院子、民房屋顶、路边、河岸……都用来晒画。东湖画无处不在，整个村子就像铺了一张巨幅地毯。

农历十二月，渡口处如织的船只纷至沓来。客商云集，他们在右边的码头靠岸后，便步行进村去到市场。客人挑选自己最喜欢的画作，将货物打包并装上了船。市场上摆满了画作，画作创意来自越南人非常熟悉的民间典故，如捡椰子、打妒妇、老鼠结婚、四平四贵、素女等。买卖双方讨价还价，成交不断。夜幕降临，家家户户喜庆如过节。远道而来的客人也会在跟自己亲近的画家家里歇息，带着各地口音吟唱歌曲和诗词，在一杯酒或一盘棋中尽情抒发情感，通宵达旦把酒言欢。太阳升起时，船抛锚离开码头，将京北的民间文化带到河内，循着各自的旅途向四面八方传播。

艺术家阮登制表示，在二十世纪四五十年代，他那时虽然只是一个孩子，但已能感受到绘画市场和手工艺村这个“国粹”的独特魅力。

当时，东湖村民安贫乐道、寓情画意之中，没有人想过因画致富，因此，在集市上，很少使用货币，主要是以物易物。南定的商人带着布匹、海防的商人带着海产、太平的商人带着垫子……去市场交换画作。村民们把这些换来的商品用作全年使用，或是到别处换取大米。后来，在战火连天的岁月里，人们的生活越来越困难，对春节年画的爱好逐渐被米、衣、钱的迫切刚需所取代。东湖画逐渐淡出人们的生活，东湖村的春节年画市场也消失了……世事变迁，后来东湖村 17 个家族近 300 户人家，只剩2户还在制作东湖画，其余全部改做纸扎冥器去了。

如何恢复传统的东湖画与独具特色的春节年画市场，是摆在双湖乡政府面前的问题。

双湖乡人民委员会副主席阮文俊先生坦言：“随着我们长大，画村逐渐淡去，春节年画市场只剩下故事，大家都想恢复当年文艺兴盛的风貌。现在，东湖画已经不流行了。整个村子虽然只有两户人家在画，但这何尝不是以后复兴手工艺村、恢复春节年画市场的基础？因此，这非常有必要引起镇、省乃至中央的重视。”

越南的文化瑰宝

东湖民间画的线条具有象征性和装饰性，内容仍保留着质朴、通俗易懂的特点。

东湖民间绘画深刻反映了红河三角洲人民的物质生活和精神生活，以及越南人民所处的社会环境。根据对该地区人民的民间审美观点分析，这些画表达了千百年来劳动者对和谐、繁荣、幸福的家庭生活及公平美好社会的憧憬。

东湖画使用质朴而亲近的意象，却蕴含着充满人性的讯息，如放牛、吹笛、采椰子、摔跤、打妒妇等；也有一些美好的祝福意象，如仁、礼、智、荣华、富贵、吉祥……东湖民间画的魅力，不仅存在于生活、食物、禽畜、祝福中，还存在于反映日常生活的诙谐场景中。

一幅东湖画吸引观者感官的独特之处首先是颜色和材质。印画的纸是用杜松树皮制成的特殊纸张，具有透气、柔软、薄、韧、易吸色、印刷时不晕染等特点。使用松针刷将扇贝壳与胶水（胶水材料为普通米粉，或糯米，有时是木薯粉）混合，在纸上刷上一层类似于彩虹色的底色。当然，在制作扇贝纸的过程中，还可以再加入其他颜色。

东湖画按题材内容可分为祭祀画、祝贺画、历史画、漫画、方言画、山水画和反映百姓日常生活的画。其生产过程主要有两个阶段：模具制作（雕刻木板）和印刷（绘画）。对每个工匠的美术天赋和劳动技能要求较高。画板有单色画板和彩色画板。画板由木头和墨绳制成。木雕工具是凿子（每套约30～40件分类单品）。东湖村的工匠制作手绘图案，而其他地方则使用机器印刷版。

2012年12月27日，时任越南文化体育与旅游部部长黄俊英签署了第5079/QD-BVHTTDL号决定，承认东湖民间绘画为越南国家非物质文化遗产传统工艺品。越南文化体育与旅游部与北宁省人民委员会等专门机构协调，对东湖民间绘画制作专业进行研究并着手编写一份科学档案，以提交给联合国教科文组织，并申请将其列入人类非物质文化遗产代表作名录。

悲寺的傀儡戏

突然被两句古话所吸引——“好玩的不过热府庙会，热是热闹，也比不上悲寺”“听罢悲寺二十发奏，男欲娶妻女欲嫁人”。于是，我决定立即前往南定。有趣的是，我竟因此有幸欣赏到一种已有着将近500年历史的独特艺术。

木偶演绎的人间悲喜

17时许，全村人涌入寺院。人们各做各的，有人准备供圣人、供佛的东西，有人打扫卫生，有人张灯结彩，有人搭帘子、铺垫子、准备槟榔水……为何每个人都那么兴奋？因为今天有法会表演。

悲寺（又名“大悲寺”）是云幢、甲三和甲四这3个村庄共同供奉的寺庙，也是山南镇西真县（后改名为“南真县”）最早建造的四大寺庙之一。悲寺初建于李朝（1009—1225年），今划归南定省南直县南江镇管理。寺庙面积0.26公顷，有60多个房间，多用铁木建造，佛塔顶部宽矮、坚固。从外面看，宝塔向中间逐渐隆起，整体建筑呈“内工外国”结构，造型富丽美观。主体建筑左右延伸出的两条长而低的基顶，衬托出屋顶二层钟楼的美感，远远望去，它犹如一朵盛开的荷花。寺内保存着许多后黎朝时期的珍贵古物，包括一口2米多高的大钟、盘、杯、佛塔群等。清新、绿色的自然风光常年氤氲着繁忙的南江市场。据当地人介绍，相比于对面的热府市场，南江市场更早出现也更为独特。南江市场为古庙创造了无限的魅力。1984 年，南江市场获得越南政府批准，被列为文化历史遗迹。

悲寺住持释清决法师说："悲寺供奉圣祖慈道行。据圣谱记载，该禅师姓慈，讳路，其父慈荣，在李仁宗统治时期担任朝廷职务时，娶了安朗村（河内）一女子曾氏鸾为妻。后因李仁宗的弟弟妒忌他，与大颠法师将其密谋暗害。父亲遇害，慈道行只好带着母亲避难，回到山南镇，在悲寺做住持。在这里，慈道行在空路寺结识了空路禅师，在福林塔又结识了觉海禅师。三人共修陀罗尼心法，同赴天竺（印度）求经，得佛传心印与六神通。为纪念曾在悲寺住持多年的圣祖慈道行禅师，每年农历正月 20 日～ 24 日，村民都会举行法会。逢年过节，他们常常举行花轿游行、祭春，并组织象棋、摔跤、舞龙、平安赛跑等趣味游戏。晚间，他们会举行歌舞活动，其中包括一种当地独有的木偶戏，那里的人习惯称其为'唱偶'或傀儡戏"。

傍晚时分，忽闻钟鼓齐鸣、响声震天，20 余名身穿白裤、深色长衫，头戴深色头巾的老者恭恭敬敬地进入后殿烧香、供奉、礼拜。他们打开木柜，取出被称为"圣像"的 12 个木偶头游行到正殿。香花迎请结束后，老者在慈道行禅师像前列队，礼拜先师，然后上台准备表演。

表演舞台并不复杂，只设一块水波状幕布，系在寺庙前厅中间的两根柱子上。木偶师、歌者、乐手 3 人站在帘后，面对佛坛和慈圣坛开始表演（"傀儡戏"是供圣人看的，并不只给观众看）。

随着音乐和唱词响起，手持傀儡头像的舞者举起手来，在幕布上操纵其翩翩起舞。傀儡头像仿佛漂浮在水面上，从左到右开始舞动。在表演的过程中，傀儡头像互相换位，随着每一首旋律舞动的它们展现出不同的姿态。最精彩的一段是六尊神像组合成飞龙的造型，意境大胆，寓意新年风调雨顺、五谷丰登。每个傀儡头像重 1.5 ～ 3 千克，要连续表演五六个小时才结束，所以表演者要时而轮换。不过，中间一个节拍也不能漏掉。

在富有田园气息的寺庙里，在熙熙攘攘的音乐声中，表演神圣而又欢快地进行着，从黄昏一直持续到午夜（如果按顺序全程表演，一场必须连续演出 6 个小时）。演员们卖力地表演；老老少少的观众围坐观看，鼓掌叫好。他们边看边评论着，互相提醒要铭记傀儡戏里那些深刻的道理。

悲寺傀儡属于手偶类。6 个大木偶头，每个画着漂亮的眉眼，人称“六弄先生”。雕像背面有柄，长约 40 厘米、直径约 30 厘米，供演员操作。两位大人红着脸，眉头紧锁，大嘴巴，络腮胡子，象征正人君子，由该区域最古老的村庄——云幢村的村民操纵表演。两尊金色蟾蜍雕像，脸色呈淡粉红色，象征着学习进步、逢考必过，由甲三村的村民操纵表演。两尊“随白”先生，脸白，鼻子很大，嘴巴极宽，象征着繁荣富足，由最年轻的村庄——甲四村的村民操纵表演。

6 个小木偶头由实木制成，每个长约 30 厘米，重 1.5 千克，无把手。有 4 尊仙人像，一尊清秀男像，一尊皇后像（或贵妇人像），一尊麦翁（红脸，凶猛，充当说书人），一尊闪翁（象征风雨顺遂）。这些头像头戴帽子，头发编成古代发髻，面部表情喜庆。每种类型的头像出场都有各自的舞蹈和伴奏乐曲（男舞、仙女舞等）。

傀儡头像被称为“圣像”，其面部表情由民间艺人精心雕琢上漆，表现出人物不同的性格。圣像穿的衣衫称为“薄纱”，表演时薄纱从圣像的脖子向下覆盖到拿着它的表演者的手。悲寺傀儡戏不仅具有历史价值和精神价值，而且富有艺术气息，被称为“越南北部最美的傀儡戏表演”。

悲寺傀儡戏与信仰、民俗节日有关，具有鲜明的精神文化元素。傀儡头像是圣物，须严格保存在寺庙的后殿，只有逢年过节，表演者才会在祭祀后进来领取。为了表演成功，必须制作一套仿品，供表演者日常练习。悲寺傀儡戏班由云幢、甲三、甲四这 3 个村的村民组成，每村出 10 人，均为男性，他们被称为“十人先生”。30 人被分成 2 组，称为“前者”和“后者”，轮流换班演出。这些人深受当地村民的敬重。一入本行，他们的名字就被刻在傀儡师的石碑上，安放在悲寺左边的一排房子里，生前受人礼敬，死后受人祭拜。现在，石碑已列出自 1922 年至今傀儡师的名字。傀儡师的班主通常来自云幢村。过去，悲寺有 20 亩田（1 亩相当于 0.07 公顷）供个人修行和祭祀经费支出，而傀儡师就可以分到 5 亩耕地，用作他们日常训练和演艺的经费。

表演者穿着相同的衣服，表演时，他们一边操控头像一边唱歌。傀儡头像按平面、纵面、交换、向东、向西、划出、划入等规定的仪式动作进行面对面表演：向东、向西指的是两个头先朝东，再朝西；划出、划入指的是把傀儡头像以划船的动作向后移动，再用相同的划船动作移动回来。

傀儡戏的乐器主要是打击乐器。两个木鱼用老竹根做成，发出的声音非常尖锐而洪亮，敲木鱼的人被称为“大家”；扁鼓一面（直径约 40 厘米，用竹片敲击），两面饭鼓，两面铜锣，一面用于敲击改变曲调的大鼓，一口钟，一面随着大鼓敲打的“算命鼓”。配唱戏文的时候，两个人须交叉双臂演唱。虽然只有打击乐，但是唱段却多达 26 个、戏文 32 段，内容非常丰富。最后是致敬曲，这是一首有着很多圣人名字的长诗。诗并没有记录在纸上，只靠口耳相传给后辈的班主。傀儡戏班主这时会跪地喃喃自念，击鼓遮声，无人能够听清其中具体的内容。

弹指一功，一出好戏

1930年出生的段蜿老先生13岁加入傀儡戏行会，自1970年起担任会长，他说："这个行当最早的名字叫'修弃戾'（弃恶从善），后来又多了'木头人偶''傀儡''唱偶'等名称。"关于傀儡戏的起源有很多传说。第一个传说是，在佛国旅行时，慈道行在海浪中抓住一个随浪起伏的袋子。当他打开包裹时，里面有六个人头，形状怪异，于是慈圣带回来养育、启迪，使之造福于人间之人，从此把他们编成傀儡戏（即六人头）。第二个传说讲述了十二位海浪之神引洪泛滥害人，慈圣用法术抓住了其中六位，其余六位海浪之神被赶下海。帘后傀儡头像起伏作水上舞就是来自这个传说（傀儡戏的帘子必须绣有水波）。第三种传说认为，六尊傀儡头像分别代表君子的六种美德。

根据表演者吟唱的戏文，我们可以推测慈寺傀儡戏在形式和内容上完善于后黎朝初期（约1450年前）。歌词有歌颂帝都光复的，有歌颂君恩（后黎朝）的，有歌颂主恩（郑主割据时期）的。其余大部分的歌曲（叫教俳、范、献……）多是歌颂太平盛世、祝福傀儡戏行会的三个成员村的官员、教育和道德封建教义等内容。戏文里有很多古老的词语，如伙（男子）、娘（女子）等。有句唱词是这样的："一两行泪湿了桃腮。"很多好听的词都是用古越语唱出来的，现代很多当地人都不懂其中的意思。

"悲寺傀儡戏是我国一种非常独特的民间表演形式。在供奉着觉海禅师的古礼寺发现的傀儡头像和在悲寺发现的一样。有很多地方的戏文大都已经失传，傀儡头像也没有了。在供奉空路禅师的太平省交寺，也有用傀儡头像的表演，但只有舞蹈，却没有了伴奏歌曲，演员的表演水平也不高……"越南民俗协会主席苏玉清教授评论道。

数百年来，因为与悲寺具有宗教色彩的节日有关，傀儡戏每年只得以表演几次，戏台搭建也仅限于悲寺，所以除了当地人，几乎无人知晓。为了找到一种方法来保存和发扬这种独特的非物质文化遗产，2002 年，越南文化体育与旅游部发起了一项全面而广泛的研究，广泛收集关于悲寺傀儡戏的录音带、录像带、书面材料，以及与其独特的歌舞和音乐艺术相关的资料。这项活动既有利于保护悲寺傀儡戏，也有利于向社会广泛宣传这一文化遗产。同年，越南音乐学院的师生前往悲寺，录制并拍摄了傀儡戏的整个表演过程，并将视频资料保存下来。不过，越南音乐学院的研究也仅仅集中在表演和音乐上，并没有深入探究傀儡戏的起源。而对于傀儡戏表演者们口耳相传的经文，他们也只是通过推测来探究其来历和内容……

传承之光

76 岁的段友鯵是傀儡戏班的副班主，从小跟随父亲和叔叔学习傀儡戏的戏文和旋律，并于 25 岁正式加入戏班。后来他离家从军多年，却依旧不忘背诵傀儡戏戏文。1979 年，段友鯵复员回村当了铁匠，并重新加入傀儡戏行会。目前，他已记住傀儡戏全部的 26 个唱段和 32 段戏文。段友鯵回忆说：“从前，因为傀儡戏的演出活动被禁止，长辈们不得不将傀儡头像藏起来，偷偷练习以躲避当时政府的排查。20 世纪 60 年代左右，南定省博物馆以‘借’这一理由拿走傀儡头像，之后却拒不归还，一些老人前去索要，连胡子都被那些人拔掉了。1976 年前后，傀儡戏班才得以恢复，然而慈寺寺产的田地已经不在了，根本无力继续排练和演出。傀儡戏班里的老前辈们不得不为了生计四处劳作。平日里大家都忙于打铁和种田，不能经常见面、学习戏文，所以他们商量着把汉字和喃字的戏文翻译成更容易学习的国语字分发给大家，让大家自行背诵学习。打击乐也只能依靠大家在家自己练习。每年一起合练的时间一般是从农历正月十二到十五。二十日正式演出，结束后又将‘圣像’封存，以待来年再次登台用。”

戏班只有 35 人，来自 3 个村，其中 40 ～ 60 岁的就占了 25 人。“学什么都要用心才能学成，绝对不能拿着戏文照本宣科地唱。现在，很多时候演出的戏文、旋律，乃至傀儡头像表演的舞蹈都不对。有近三成人连戏文、旋律都记不住，奏乐也不太会……”段友鲹说道。

每年除夕、正月二十到二十二的悲寺节到来之际才会表演傀儡戏。由于演出很少，且只能在悲寺举行，除了周边群众和每年定期参加庙会的香客，广大民众对这个表演依然非常陌生。

现今悲寺保存着两套傀儡头像：一套是 1957 年制作的，通常用于排练使用；另一套年代久远，属于文物，不过由于没能有效预防白蚁的侵蚀，加上后殿常年潮湿且光线不足，许多傀儡头像已经出现掉漆、剥落、手柄断裂的情况。目前尚找不到人能够完全修复这套文物，如果要做一套新的又价格不菲。据段友鲹介绍，一个傀儡头像的价格高达 1500 万越南盾。

后来，南定省文化体育与旅游厅筹划了保存悲寺傀儡戏的全部表演，并申请其成为越南国家非物质文化遗产。

段友鲹希望将来能在悲寺内建一个展示厅，既可以用来展览傀儡头像，又可以在此传授年轻人表演的技艺，还可以给游客表演并介绍悲寺傀儡戏的独特之处。

2009 年 9 月 22 日上午，傀儡戏首次在悲寺外表演。当天，在河内二征夫人路 52 号的中原知识空间，6 位艺术家出席了“让遗产活在当代”的研讨会。会议研讨了 12 尊排练用的傀儡头像，它们中最重的 3 千克，最轻的 1.5 千克。

30 分钟里，艺术家们在众多嘉宾和文化研究人员面前表演了悲寺傀儡戏中最精彩的选段，如唱教、唱献、仙舞、论理等。

2012 年 3 月 4 日，艺术家们又前往师寺（河内市国威县西山乡多福村），在关于圣慈道行的民间信仰研讨会上再次进行了表演，反响热烈。

照片背后的故事

64位分别来自越南3个地区9个少数民族的代表用照片讲述了他们的故事。那种从眼神中由内而外透出的光，让现场观看的很多人都受到了震撼。

为什么这样拍照

生活在偏僻的山区，从来没有机会接触过相机，于是，当听说有人来村里借给他们相机让他们想拍什么就拍什么时，来自广治省达克容县达鲁乡达鲁一村的胡氏尘便爽快地答应了。在拿到了一台尼康数码相机后，阿尘却坐立不安起来，她仿佛不敢相信自己的眼睛。不过，阿尘很快通过简单的学习，了解了如何稳稳地握住相机并快速按下拍摄按钮，然后只花了 1 个小时就掌握了对焦、设置光圈、快门速度、构图等方法。她把能学的都学会了。在接下来的 5 天里，在与人类学家黄锦、范文阳、武梅芳的聊天和相处过程中，阿尘逐渐拭去了她身为巴姑族人的一些自卑情绪。

从那以后，每一天，相机和笔记本一直是阿尘行走在田间、溪流和村庄的道路上形影不离的伙伴。看到好的景象，她便举起相机拍下，然后询问其背后的故事并写下文字说明。一连 4 个月，她拍了数百张关于巴姑村日常生活和风土人情的照片。这些照片发布后，在社交网站上屡屡获赞。有一张是阿尘最喜欢的，这张照片是广治省达克容县达鲁乡达鲁一村的何文乐夫妇的合影。阿尘解释说："按照巴姑族人的观念，稻子成熟了，就应该留在地里，不能带回家。如果把大米带回家放在屋里，稻神会不高兴，会造成来年歉收，一家人挨饿。稻神只喜欢女人，所以何文乐的妻子何氏丹从不让男人进稻舍，因为如果男人进去，稻神就会生气。不过在这张照片中，她的丈夫正在稻舍小屋里，而她竟在外面。这是一件奇怪的事情。不过后来经介绍才知道，丈夫进小屋的原因是因为那天妻子来了例假。对巴姑族人来说，处于例假时期的女人会被认为是不洁的，不能接近稻神，因此她的丈夫便代替妻子去小屋取了稻谷。不过，在让丈夫进屋之前，妻子已向稻神祈求宽恕，因为如果再不舂米，家里就没米下锅了。"

可能对其他民族的人来说，这是再正常不过了，但对巴姑族人来说，这一张特殊的照片却有着深刻的文化痕迹与人文关怀。其他时候，阿尘会用镜头拍下人们生活的各个方面，如用传统方法治病、做筏子、选地种田，盖房子等。一旦拍到喜欢的照片，她就会去祖父母家，详细询问老人照片背后的风俗习惯，然后记录下来。阿尘最后选了 16 张照片参加展览，每一张都是关于巴姑族人精彩的物质生活和精神生活的缩影。一直关注"照片声音"项目的越南社会、经济和环境研究所所长梁明玉女士表示，阿尘的摄影作品和其深刻的意蕴诠释源于她与生俱来的才华和对巴姑族文化的热爱。

其他 63 位活动志愿者来自 9 个少数民族，分别是老街省的红赫蒙、黑瑶，安沛省的黑赫蒙、红瑶，清化省的芒族、泰族，广治省的巴姑族、云乔族及朔庄省的高棉族。他们都有自己民族的独特生活习惯。安沛省文振县楠朋乡楠柱村的李氏柳只有 18 岁，指着照片，她愉快地跟我们描述了一次实地考察经历：“瑶族人开春那天是个美好的日子，大家在田地里种稻。照片上照的是真实的场景而绝非摆拍。那天，我也下田种稻了。看到漂亮的姐妹们，我就给她们拍照。开春日简直太热闹了，大家都在忙活，都在一起插秧。无论是选择在平地还是坡地、大块地还是小块地，大家都互相帮忙，特别地开心。”

蒋氏舍听罢，立即分享了照片上她和她家人的生活。“这是我的丈夫黄文俊，我们都是泰族人。你看他正在泡茶。我家是采茶、买茶、卖茶的，卖茶要去到河内。这个季节，我们每天都采茶。我家每年采收两吨新鲜茶芽。几年前，村里只有两户人家有采茶机，大多数家庭会将新鲜的茶芽卖给茶厂。”

李氏红乔也自豪地说：“过去，我们高棉族人会四处帮人收稻谷，今天帮这家收，明天又去别家帮忙，直到收完为止。现在，当地人更愿意租用联合收割机，因为联合收割机成本低、收割快、折耗少。只有传统小农户还在雇佣人工收割稻谷。这张照片展示的是，朔庄省美川县大心乡心福村，当地人阿黑家雇人在田里收稻谷的情景……看，真是个亲切又温馨的场景！”

何文容在清化省巴托县田光乡诃村拍摄了一位 74 岁的老奶奶的房子。他介绍说：“老奶奶叫‘裴氏蝶’。她住的是典型的芒族房子。房子正面门廊的柱子是方锯形的。房子很小，因为现在能建房的木头不多了。过去一家 9 间房不少见，如果不多几间房人家会笑话说这家没有男人。屋内最重要的是第二房，因为祖坛就在承重主柱的后方。客人不能靠在主柱上，也不能乱碰祖坛。新媳妇不能碰祖坛和这根柱子，甚至不允许人进这间房，除非有了孩子，孩子在才能跟着孩子一起进这间房。”

照片不仅记录了美好的瞬间，有的志愿者也用照片“曝光”了一些坏人坏事。27 岁的崇阿果来自安沛省文振县水江乡庞沧村，他对当地赫蒙族人挖古茶树作为观赏植物出售这一行为感到十分不满。“一株古茶树的成交价过千万。乡里明令禁止乱挖，但还是有人挖出来卖。有的人生活不易，茶树价格高，于是就给卖了。老老实实采茶的话，靠一棵茶树一年赚的肯定不能和这笔钱相比。如果要保留这些茶树，就必须要有更好的办法。目前，当地人的主要收入不是来自茶树。因为茶叶价格不稳定，他们主要还是在玉米地和木薯地里务农。”崇阿果说道。

王阿六则对吉吉旅游区艺术团队的一些做法表示了不快。“跳得压根不像赫蒙族的舞蹈，还偏说是赫蒙族的！这里的表演者只有一个是赫蒙族人，其余都是山罗人，经理也是京族人。他们穿着赫蒙族的衣服，却根本不会唱赫蒙族的歌。赫蒙族人来打工工资低，而给外地人的工资高。我以前也表演过，他们给的钱太少了，我就不想在这工作了。后来，我问为什么这样对待我，他们说你没学历。但是……跳传统舞蹈拿了学历来有什么用？我们那里也有很多人懂艺术，但他们根本不用他们，净从别的地方找人来……”

让民族文化发光

事实上，少数民族与生活在城市的人（主要是京族）之间不仅存在地理上的不对等，在信息上也存在着相当多的不对等。例如，少数民族的文化生活和精神生活对大多数京族人来说仍然很陌生，甚至京族人自己有时也会产生误解。另外，少数民族也很少发声，将他们的村落信息向社会传达的机会就更少。

为了弥补这一不对等，越南社会、经济和环境研究所采用光影与声音结合的方法让少数民族的人们可以通过艺术创作、通过图像和故事说出他们的故事。活动利用本土少数民族的声音，向广大公众介绍和展示他们的生活。越南社会、经济和环境研究所主要关注向外界传播信息极少的族群，如巴姑族、云乔族，或被外界误解的族群，还有赫蒙族、瑶族，或像清化的芒族、泰族等不太受关注的族群（大多人知道的是和平省的芒族和越南西北部的泰族）。选择好区域，确保北、中、南三个区域都有典型个案后，人们借来了数码相机。

这个活动吸引了摄影师阮怀灵，人类学家黄锦、范文阳、黎海登、阮长江、武氏荷、范明福、武梅芳、梅青山等人的多次关注和参与。第一个为期五天的课程，老师部分时间用于指导文化多样性和拍摄主题的统一，其余时间则用于指导拍摄技术。志愿者们学习如何握住相机、按下按钮，如何把握光线、角度……然后将作品提交给专家进行点评。接下来，专家会与志愿者一同前往村落，进一步筛选、核实照片的质量和故事的可读性。

照片的主题由志愿者和村落方面讨论决定。参加文化多样性培训课程后，志愿者与自己所在的村落开会讨论他们想通过照片介绍什么，以及他们觉得自己民族有什么特别和引以为豪的东西，还有哪些经常被误解，和需要及时澄清的东西。

广治省达克容县克龙克朗镇的云乔族志愿者胡文芳回忆说:“许多人一开始看到我拍照，要不坚决不干，要不就是扭头就跑。我花了很长时间解释这个活动是具有文化基础的，我是为了展示自己民族美好的物质生活与精神生活，只有这样才会被外界看到。如果有什么不对的地方，我也必须用照片记录下来，以便下一代知道并改正它。与村里人这样交流后，他们才同意让我拍摄。”

对广治省达克容县达鲁乡的巴姑族摄影组组长克雷苏来说，最困难的是将文乔族和巴姑族的故事翻译成京族话。后来组员们经讨论，一致同意照字面如实翻译……志愿者每写完一个故事，就得如实提炼原话的意思，做到既对又好。

2011 年 12 月到 2012 年 4 月，该项目收集了超过 70000 张有着独特故事的照片。这些照片的构图和色彩优美，背后蕴藏着关于少数民族村落的多方面信息。这些照片同时还附有关于习俗、信仰、精神及民族生活等方面的有趣介绍。这些照片的特殊价值在于，都是志愿者从当地少数民族的视角拍摄的，这是一般专业摄影师所难以做到的。

对此，越南社会、经济和环境研究所所长黎光平先生肯定说："这些照片传递的意义是多层次的。观者能感受到文化是没有贵贱之分的，美在多元与差异之中。他们还将看到文化正在潜移默化地为村落带来经济效益。最重要的是，我们可以看到少数民族如何积极地展现、表达自己，以及决定本民族文化是如何被学习和继承的。"

胡氏尘坦言："过去，我一直觉得自己的民族的文化没什么美丽、独特的地方，现在我的看法不同了。从 2010 年开始，在我们村子的婚礼上大家都得穿得像京族人一样。一开始我认为这是理所当然的。当看到老妈妈们戴着沉重的耳环，我充满了嫌弃之感。看到其他民族时尚的首饰，我觉得自己民族挺落后的，还有了自卑情绪。现在，我为这里的女性仍然佩戴着本民族的传统首饰而感到万分自豪。我也会告诉这里的人我们需要保存我们自己的文化，并让它发光！"

至于安沛省文振县楠朋乡楠柱村的瑶族女孩李氏柳则，简明扼要地介绍道："参加了这个项目后，我为自己的民族文化感到更加骄傲，也了解了更多其他民族的文化。"

而这，也正是项目组织者们的愿望。

花也是勇士

世世代代的人一提到花，都知道它很美。但2009—2010年的冬春作物事件发生后，到现在，湄公河三角洲各省的农民才开始认识到，鲜花也是田地的卫士。

一切都要感谢稻田边盛开的鲜花。

一箭“三雕”

稻谷噙着珠圆玉润的稻粒，只等联合收割机再过一遍，就会装满袋子。温柔的农妇把她的“伙伴”指给我看——蜘蛛正在吐丝，半睁眼的豆娘栖息在番石榴的树枝上，蜜蜂嗡嗡地从鲜花中吸取花蜜——然后放声大笑：“多亏了它们，不然褐飞虱、卷叶毛虫和黄矮星这些坏家伙可要把我害苦了……”

57岁的黎氏妆住在前江省鹅贡东县平议乡和平村。以前，她家每年约有0.6公顷稻田会被褐飞虱毁坏。2011年，准备夏秋收的时候，看到村里有植保员来指导农民消灭水稻上的褐飞虱和其他害虫，她赶紧凑过去听。多年在田间生活，听广播、看电视、上技术培训班积累的经验告诉她，适时播种、避开褐飞虱等害虫的繁殖季节是最佳的防御方式。如果水稻仍被破坏，那就必须喷洒杀虫剂了。可现在干部们居然普及“只要在田边种花就可以防止虫害”，简直让人难以置信！黎氏妆后来还在当地的农业节目里听到农业专家阿战提起送花的事情，他说：“我忙着去地方帮人对付褐飞虱，别再喊我上节目了！”这么一看，这事一定是真的了。

黎氏妆一开始还以为是什么奇特的花，结果专家送来的全是村里常见的矢车菊、马齿苋、鬼针草、绿豆、秋葵……他们解释说花朵越鲜艳，吸引的害虫天敌就越多。当稻田里有害虫时，那些花会立即对害虫发起攻击。抓住这个诀窍，黎氏妆女士走遍了小村庄，寻找更多的花，如绣球花（紫色）、番石榴（白色）、太阳花（亮黄色），以及她与家人后来才知道的许多花卉品种。黎氏妆把这些花采到院子前，找来妇联干部一起投票，选出几种。专家们继续到各家走访、动员，渐渐地，很多村民都参与了进来。

正常情况下，黎氏妆的稻田一年至少要喷 3 次农药才能杀死毛虫和飞虱。不过在 2011 年的夏秋季，她没有使用任何杀虫剂。“实际上，我节省了 100 万越南盾。”她说道。起初跟着她一起去田里种花的 5 个人也都尝到了甜头！眼见为实，第一季有 25 名妇女参加种花活动，后来增加到了 42 名。“自从在稻田种花的那一天起，每个人都爱上了这些‘花田’。下午，辛苦了一天后，姐妹们聚在一起聊天、看花，心情也特别愉快。”黎氏妆补充道。

更有趣的是，种花不仅有助于杀死稻田里的害虫，还成为和平村农民增收的一项工程。去年新年，黎氏妆的家人通过卖观赏花卉就赚了 1900 万越南盾，其他家庭也赚得盆满钵满。村民们总结了养花的“一箭三雕”：环保健康（因为不用喷农药）、稻谷丰收、风景秀丽。以黎氏妆为首的 12 名妇女，带领全村农户辛勤栽培，把鲜花种满田野、道路、苗圃，和平村很快变成了“花的海洋”。

平议乡人民委员会副主席裴英俊说:“目前，乡里利用生态技术治理水稻褐飞虱和其他害虫的模式已培育出 19.7 公顷的花田，农田总治理面积达到了 192 公顷。村里的稻田在播种 7 天后，农民们就带着鲜花沿着田地的四边进行种植。每平方米花田能吸引约 200 只害虫天敌，包括蚂蚁、瓢虫、蜘蛛、甲虫等多种益虫，其中最厉害的当数寄生蜂……”

越南南方植物保护中心主任胡文战回忆说:“2009 年 6 月，在中国杭州举办了一个关于生物多样性的研讨会。当时，出席会议的越南代表团成员包括越南芹苴大学的阮文宏、越南南方农业科学研究所的罗范兰、前江省农业和农村发展厅厅长阮文康和我。研讨会上，新西兰代表团说他们正在种植的葡萄被毛虫侵袭，不得不喷洒大量药物，而在地中间套种一种紫色的花后，花粉和花蜜吸引了害虫天敌，形成了天然的屏障，后来就不再需要喷洒农药了。在美国佛罗里达州，当卷心菜被毛虫袭击后，当地民众套种了一种白色的花，也取得了理想的效果。多年来，我们湄公河三角洲的稻农一直受到褐飞虱的困扰。人家敢在水果、蔬菜上尝试，我提议我们在稻米上也做一次尝试。听了我的想法后，越南代表团成员，以及国际水稻研究所资深科学家、昆虫生态学专家香广伦博士和澳大利亚查理斯特大学应用生态学教授吉夫·古尔博士表示极力支持。我告诉我的团队和合作伙伴，在前江省丐舨县，每年农历春节前，农民们都会下田喷农药。因此，我提议在丐舨县(位于南方植物保护中心附近，主要便于参观考察、评估和组织培训)做一个花滨稻田的样板。阮文康先生建议我们不妨在丐雷县也建一个模型。回国后，我们在前江省丐舨县后美贞乡和丐雷县美城南乡 2009—2010 年度冬春季作物中各选择了 30 公顷稻田，开始实施套种模式。”

虽然田边种花的想法听起来很浪漫，可是说服当地农民去实施却有一定的困难。胡文战坦言：“第一个是很难向农民证明在田边种花不喷农药真的有用（一开始这只是个理论，因为连技术人员都没亲眼见过成效）。种在岸边的花必须在苗期浇水，但田地小，人来回走动，易把花苗都压坏……我耐心对他们解释：‘我给你们的花，如果你们好好种，会比喷洒杀虫剂花费更便宜。农村的环境不仅不会受影响，还能收到美化效果。’我还去农户家鼓励他们，有什么问题，我都承诺会指导他们解决。”

胡文战嘴上说得那么坚决，心里却在打鼓：建议不喷农药，要是病虫害多，到时候大面积歉收，自己就成了千古罪人。于是，他更是深一脚浅一脚地亲自下田照看每一朵花，并不断地劝农户安心。功夫不负有心人，在稻米生长季节，农民几乎没有喷洒任何杀虫剂来控制害虫，中间只喷了一次除草剂、两次防病剂，便有效阻止了害虫的侵扰。

寒冬后迎来鸟语花香

穿过湄公河三角洲的粮仓，与农民、农技推广人员和农业专家会面交谈，我发现其中的悖论十分有趣。

越南西部地区的农民最喜欢花卉。三角梅、蒲公英、杏花在各家家门口投影，祭坛脚下开满了红黄相间的马齿苋，水坛旁簇拥的龙船花……花卉五彩斑斓，令人目不暇接。然而，当农技推广人员下到村子里与他们谈话、送花，并建议把花套种在田里时，大家的回应却非常消极，甚至漠然。人们喜欢看起来漂亮的事物。因此，即使农技推广人员精确计算后，建议当地人每块田只播种 12 千克水稻种子最为理想，并说明这样做既能让新稻长得又快又好，又能将病虫害控制到最理想的程度，当地农民仍然按每块田 15 千克水稻种子播种。对此，他们给出的理由是“水稻种多了，长得好看些”，却不知道这样做会为蚯蚓和蚜虫筑巢繁殖创造条件，而多出的 3 千克种子也浪费了。

说到田地面积，当地农民很节俭。当地很多田野只剩下一掌宽的田埂，人走路稍不留神，就会滑进田里。因为赶时间，所以每次收割后人们就立即焚烧秸秆，当地生物多样性研究人员冯美中感叹道：“当地人焚烧秸秆的习惯会烧毁种在岸边的花田和地里的花种，失去了花田害虫的天敌，生活在田间的其他动植物也将不复存在，从而造成生态失衡的恶性循环。”

平议乡人民委员会副主席裴英俊先生坦言：“许多陈旧的习俗已经深深地根植于人们的潜意识中，很难改变。我们坚持不懈地宣传，50 个人中才有 20 个人理解并愿意执行。从实施花滨稻田模式的结果看，明年乡人民委员会将联合安江植保股份公司、前江食品公司，实施‘与农户一起种田’计划，以改变人们的旧观念和耕作方式，生产清洁食品，提高农产品价值。经过耳濡目染，相信人们会逐渐接受这种新的耕种方式。”

到目前为止，前江省和安江省的所有县镇都采用了花滨稻田模式。2012 年 3 月 14 日，在安江省朱笃县举行的第一次会议上，农民和科学家们惊叹于在 100 公顷鲜花的守护下所带来的水稻大丰收——当地没有使用任何农药，收成产量却非常高。“花滨稻田风潮”陆续扩展到隆安、前江、槟椥、永隆、芹苴、坚江和安江等省市，总面积超过了 2000 公顷。对未开展这一模式的其他省份，越南南方植物保护中心后来也提供技术支持并引领它们试行。

湄公河三角洲广袤的田野，如今不仅能出产白花花的稻米，还增添了无尽的鸟语花香。

食在“药材村”

食疗，不仅是一种利用食物来预防疾病和改善健康的方法，还是一种阴阳调和、天人合一的养生哲学。它既是一门科学，也是一门生活艺术。正因如此，看一个人吃什么、怎么吃，就知道他的健康情况如何了。

别吃清水吃野味

来到宁顺省宁海县春海乡福仁村，第一感觉就是惊喜。与占婆村因树木稀少而显得贫瘠荒芜不同，福仁村种满了绿色的植被和果蔬。在这个“药材村”行走，到哪里都能看到大花园、菜园、药材园，就连房子周围的篱笆上都种满了蔬果和药用植物，如紫蓖麻、诺丽果、扁豆、醋栗、辣木、皂角等。黄色的金盏花、红色的刺桐花、白色的诺丽花、紫色的鸡矢藤花……各种花朵争奇斗艳，一片鸟语花香。

我的目的地是福仁三村乔梅莉女士的家。乔梅莉是《占族特色美食》一书的作者，书中精心介绍了87种占族独具特色的菜肴和饮品。

占族人热情好客，以至该民族素有“客进家门，财气进屋”的谚语。泡好了茶壶，我坐下来和乔爸爸聊天，乔梅莉女士去准备晚饭了。不一会儿工夫，前院老罗望子树下的石桌上就摆满了菜。开胃菜是一道由数10种野菜叶混合而成的蔬菜菜肴：苦楝子叶苦但可以治疗背痛，石皮叶可治疗肠道疾病，番荔枝叶可用于退烧，金合欢叶可用于治疗手脚乏力。此外，刺桐、罗望子、扁豆、苦瓜、柠檬罗勒等，用其果实或叶煮的清热汤（苦汤）及野苦瓜、苦菜、茄子、青木瓜、凤尾鱼……整体吃起来很苦，第一次吃可能还挺不习惯，但是吃习惯后便会觉得清香可口。这些叶子瓜果有清热解毒的功效。山羊肉切成薄片，配上香蕉树的嫩茎、假蒟叶、醋栗叶、芒果芽、铁树芽。一定要把羊肉和蔬菜蘸上调味酱一起吃。将山羊肉汤煮沸，加入捣碎的炒米、切块的西红柿，约煮 5 分钟，用辣椒、盐、洋葱、鱼露、切碎的罗望子叶调味做成一道浓汤。对我来说最奇特的是一种混合米饭——由米饭、切碎的炸鱼、刺桐叶、芒果叶、扁豆叶、混合调味酱制成，所有的菜都用鱼露混合，佐以脆皮轮胎茄一起食用。饭后甜品则是柠檬罗勒籽糖水和莲子糖水，水果有芒果、葡萄、木瓜等。食材都是自家种的，干净、美味、营养，一顿饭下来，酸甜苦辣咸五味俱全。

看看这里占族人的膳食结构，我们就会发现，一餐饭里混合着退烧、清热、解毒的药材很多。我问医生这些食材有什么特别功效，他表示这里面有很多抗风湿的草药可以用来缓解疼痛……

饭后小憩片刻，我跟着乔梅莉女士的父亲——54 岁的乔丁先生进山寻药。乔丁用了 20 多年的时间在家乡市场寻访，吃着百家饭以发现新药。我们骑摩托车来到山脚下，把车停在路边，然后背上背包和麻袋，爬上查邦山陡峭、崎岖不平的白色岩石山坡。在林里走了几十千米，直到下午 5 点钟的时候，我们才挖到了两袋草药。“我新发现的好药材必须走很远才能找到。至于普通的药用植物，我家里种有，也可以从别人那里买到。”福仁村做草药生意已经有了一套专业化流程，村里有人专门从事草药的开发、种植、加工，然后将其晒干后放在家里储存。哪怕是很远的地方，药用完了，只需要打个电话，他们就会用汽车、火车等方式将一袋袋草药送到客人所在的地方。据乔丁说，全村有 14 个这样的草药商。

晚上 6 点回到家，我的身体已经很疲乏了。乔丁立即在院子四周的篱笆上摘下一把树叶，有磨盘草叶、香茅叶、柚子叶、竹叶、佩兰、牛筋草等，用它们煮了一锅水给我洗澡。在一桶热腾腾的药水里泡了 15 分钟左右，我大汗淋漓，感觉所有的疲劳都消失了，身体轻盈，香气四溢。

一直以来，提到宁顺省的占族，人们总是会想到两种传统艺能：美业的织锦和胞竹的陶器。据占族人药用植物和偏方调查结果发现，许多地区的占族人从事的职业竟是越南传统医学。65 岁的全科医生——春海乡东方医药协会会长才莱先生说道：“没人知道婆补罗村（宁顺省宁海县春海乡福仁村和安仁村的占语名）的医药祖师爷具体是谁，但听我爷爷说，从前有一个叫朵的老太太，时常上山采药，晒干后拿到西贡、藩切、藩朗等地出售。村民们见她能赚钱，便纷纷效仿。”

婆补罗村目前有 1500 多人从事草药买卖，包括春海乡东方医学会会员里的 700 人（福仁村 550 人，安仁村 150 人）。春海乡东方医药协会大部分成员都已不在本地工作，离得最远的是 82 岁的阮书。他现在美国经营药材生意。购买婆补罗村药材的客人除了遍布越南全国各地，在柬埔寨、老挝、泰国、中国也都有客源。

宁顺省东方医药协会调查了占族人的药用植物和药方后，发现他们使用了 78 个植物科 324 类 679 种药用植物和草药，制成 677 种药方，用于治疗 90 种疾病。研究人员将疾病分为 10 组：镇静剂、催眠药物；消炎止痛、治疗风湿病的药物；治疗感冒、清热、疟疾药物；止咳平喘的药物；治疗高血压和血液病的药物；治疗痢疾、腹泻、便秘的药物；治疗肝胆疾病药物；调经药物；进补增加元气，提高免疫力的药物；其他药物。占族人利用草药能治愈许多常见病，尤其在一些关节病、全身酸痛、坐骨神经痛、妇科病、胃痛、肿瘤、癌症等方面表现突出。

作为占婆文化研究者，乔梅莉女士介绍了她所在的帕布拉普村的医学传承："占族有着亲近自然的特点，他们知道如何利用植物和草来治疗疾病。占族人的医术虽说由来已久，但问起具体从何而来，全村人都不清楚。似乎自建村以来，就有了制药的行当，由母亲传给子女，与草药不离不弃。凭借对心理学、生理学的独特理解，同时加上家庭秘方的传承、占族骨子里的灵巧，几乎每个占族医生都能以自己独特的方式为人配药。这些药用植物就像是大自然赐予这里的占族人的礼物。村里的孩子们从小跟长辈学习制药。起初，孩子跟着父母到森林里采药，学习辨别药用植物，听父母讲解药性。之后，由父母长辈传授给他们把脉开药的经验。长大后，他们便跟随长辈卖药谋生，为人们治病。就这样，医学成了当地永不断代的传统。"

在药乡出生长大的乔梅莉女士，14 岁时从祖母那里继承了对传统美食的热爱，一直致力推广民族饮食文化。她花了数年时间研究、制作菜肴，拍照并撰写有关占族菜肴的文章，最后写出《占族特色美食》一书。书中，乔梅莉不仅仔细描述菜谱，还重点突出菜肴的人类学特征。多亏了她的书，我才知道在占族人的祭祀仪式或婚礼上，少不了羊肉汤和各种蔬菜。在宁顺和平顺两省占族的祭祀活动中，也少不了羊肉汤，因为羊肉不仅美味，还具有“升阳”的宗教含义。占族人有句谚语——“如玉村的肉汤，友德村的蔬菜汤”。宁顺如玉村以肉汤而闻名，一部分原因是水源好；另一部分原因是母亲的制作秘方传给了孩子，使这里的肉汤有一种特殊的味道。用水牛骨头煮的蔬菜汤在占族地区也很受欢迎。这是一种在水牛祭祀或葬礼上烹制的汤。占族人称野芋头菜为“兼果（音译）”。野芋头菜是一种野菜，非常美味又干净，自生于水坑、池塘、森林湖泊或洞穴附近。野芋头菜很容易种植，只需摘下一两株植物种下，就会生根发芽，填满水边。不过条件是水源必须干净，不能受禽畜的粪便污染。占族人喜欢野芋头菜自体繁殖、多汁的特性，希望死者早日像野芋头菜一样重返人间、轮回不死。因此，在丧事、祭祀的供品中，总少不了一碗野芋头菜汤。汤味鲜美，竟也有着如此重要的宗教地位，怪不得占族有“别吃清水吃野味”这句谚语。这就是为什么美国威斯康星大学麦迪逊分校的威廉姆·B 诺斯沃斯教授在看完《占族特色美食》这本书之后说道：“这是第一本由占族作者精心研究并拥有丰富、诱人的菜肴烹饪的书籍。”

草药与饮食的奇妙交融

越南河内药科大学副教授、植物医学系主任陈文恩说："从过去到现在，我们常常认为草药只是用来制药的。殊不知，保健品、香薰、化妆品……也是巨大的市场。如果我们仅仅停留在制药，我们只能进入一个十亿美元的市场；但如果我们把思路打开，我们将进入一个百亿美元的市场。"

诚然，越南的比较价值之一是它的传统医药文化。在生物多样性方面，越南在世界上排第 16 位。药材经济是基于药材种植区的景观，以及药材种植、开发和交易发展起来的一种社群本土文化。发展本土医药知识和医药文化促进了旅游业发展，这是越南拥有的比较价值。

目前，越南开发了许多好的医药产品，如横浦草药粉丝（广宁）、太原绿茶河粉、河江荞麦面、富国辣木营养粉、桃金娘酒、宁顺葡萄酒、苗旺薄荷蜂蜜（河江）、大叻绿茶香水等。

看一个民族如何获取、烹饪和食用食物，我们会了解他们的环境、思想和灵魂。这就是为什么美食旅游如此有趣。《年轻人报》董事阮氏秋荷女士分享道："参观者自始至终与当地人民一起参与寻找、狩猎、采集食物、烹饪、享用美食的过程，将更多地帮助他们了解当地的生活环境、知识、习俗……参观者如有幸与当地人民一起生活、工作和吃饭，这些经历都会是他们每次旅行后珍贵的纪念品。”

占族织锦里的秘密

美业村是一个独特的占族古村落。村庄以织锦闻名。祖先们教会占族妇女织锦技术并流传至今，但只在美业村，织锦这个行业才蓬勃发展了起来。

理想的女性都是织锦高手

根据宁顺省宁福县福友乡友德村婆努伽塔住持海贵大师的说法，婆因努努伽（古占婆国的母神），即天衣安娜女神是占族织锦的祖师。古书上说，婆因努努伽教会了古代占婆人如何编织。据传，从太古之时起，当人类第一次出现在地球上时，婆因努努伽就下凡到人间，与占婆人生活一段时间后嫁给了一个中国男人。当她回到占婆地之后，便开始教占婆人耕种水稻，教女人织布。等当地人把这些都学会之后，婆因努努伽便离去了。此外，她还教导占婆人组织国家、制定行政制度，建造神庙和宝塔来敬拜神灵。

除了传说，美业村占族还有诗集《女德诗》和《祖先诗》也都提到了妇女编织的艰辛。两卷诗把织锦作为评价妇女巧工的标准，这后来也成为理想、美丽、智慧的占族女性的标准之一。

越南和中国的历史书籍也记录了占族人的编织技艺。黎贵惇在《芸台类语》（写于18世纪）中写道："林邑，盛产纱布树，其花如鹅毛，取出并编织成布，与布无异。"

根据《水经注》记载，占婆人除了懂得种植棉花纺纱、染织、织布，还懂得种桑养蚕、养丝织丝，妇女懂得织布和制丝。

《旧唐书》也提到占城大王身披细白布。此外，占婆国王和贵族的服饰，如当前仍然留存的绊尾幔等，就是用红底金点与黑白色的丝绸图案交织在一起，形成金翅鸟的形状。在跳舞或祈祷的姿势，以及其他模仿动物的舞蹈姿态中，于光线的照射下，丝织物更是增加了光滑和多彩的美感。

占婆王的衣着服饰也记录在铭文中。顺化的莱中碑文描述了占婆国王因陀罗跋摩三世的服饰——国王的衬衫缀满金银。婆努伽铭文还提到占婆王维克拉达瓦曼三世，身穿黑色和蓝色的带图案上衣，缀满纯金。这件外套也是用金线细织的布料制成的。

在寺庙和塔楼供奉的浮雕和雕像上，有着清晰的占族织物印记，如湿婆神的雕像、舞者阿普萨拉细长的衣服上都装饰着美丽而精致的图案。柬埔寨吴哥窟墙壁上雕刻的浅浮雕描绘了 13 世纪占城军队攻打吴哥时的场景，显示占城士兵头戴帽子，身着带有婆罗门腰带的短裤，短袖上衣也有典型占婆编织图案。

从以上史料可以确认，自古以来，占族的纺织业就非常发达，并深受当地人欢迎。其纺织品种类繁多，制作精良。

占婆王国解体后，特别是从 1832 年开始，明命帝强迫占婆人沿袭越南风俗，穿越南式服饰，占婆王公贵族对传统布料的需求便不复存在。

20 世纪初，随着社会经济的变化，许多工业织物的出现导致占婆村的传统编织几乎完全消失。不过，美业村算是一个例外。

是技艺也是记忆

美业村又名“芽筝”，其占语名称为“查克楞”，属宁顺省宁福县福民镇管辖。该村距藩朗－塔占市中心以南约9千米。“美业（美丽的职业）”是自保大帝统治以来赋予村庄的新名称。这是古代占婆王国的土地，其名称也出现在铭文上。传说12世纪统治王国的国王婆珂龙伽莱的养祖父母就出生在这片土地上。

占族有句谚语——“南山北河”，根据占族人的传统观念，这被认为是一个村庄的最理想位置。的确，查克楞符合“理想”的所有要素。由于年代悠久，村落周边有许多珍贵的历史遗迹。南有查邦山上的婆乃遗迹，西有婆罗蔑塔，离其最近的是建于16世纪的库特拉格莱村。

美业村曾出过很多现代占族的知名人物。提到“美业村”这个名字，会让人第一时间想到传统的占族锦缎编织品。

该村居民——占族文化研究者因罗娑罗先生解释说：“说到织锦，不得不提到占族女性的社会职能。织锦，是一个母传子继的职业。传统占族社会对占族妇女的道德标准之一就是要精于纺织。因此，织锦行业可以说在整个村落均匀分布。在历史长河中，这一传统行业在很多地方几乎消失了。目前，织锦正在平顺、宁顺的三个占婆村庄流传。美业村是拥有品种门类最齐全的占族纺织品生产中心，因此也最为人所知。究其原因，是该村的占族祖先早已教导所有的占族妇女织布以生产自给自足，所以目前村里的所有妇女都会织布。特别是她们的祖先传授了所有珍贵图案的编织技能，以帮助她们服务于各个社会阶层的需要。”

关于编织，当地人使用两种类型的织锦架——片状织锦架和条状织锦架。利用这两种类型的织锦架，占族妇女编织出许多不同的图案，美观大方。

在占族社会，人们仅通过衣服上的图案就可以区分阶级或奢侈程度。上流社会的占族妇女喜欢穿带有辣椒、阿鲁特或布满装饰图案的比永（裙），下层社会的妇女则往往穿着哈雷克花纹（绳状花纹）比永。

通常，占族妇女会模拟动物的形状来制作图案，并使用动物的名字来称呼图案，如石龙子（蜥蜴）、金翅鸟等。除了动物形状的图案，占族人还会编织许多其他类型的图案，如网格图案。

占锦有很多种名称以“图克（类似四瓣花形图案）”开头的图案，其中“宾古·图克·卡芒”图案（一种四瓣花形加上爆裂谷物等的复杂图案）被认为是最珍贵的。织工必须达到一定的水平才能制作这种花纹的织物，而这种图案也主要出现于祭祀神灵的场合。在占婆语中，“卡芒”是一位神的名字，这位神的名字也被用来命名舞蹈拉甘·卡芒。传说有一天，这位神降临人间，只将制作“宾古·图克·卡芒”图案这一技术传授给一个预先了解了图案形状的人。在村子里，现在已经很少有人能熟练地编织出带有“宾古·图克·卡芒”图案的织物了（只有传统老年妇女才会穿着）。为了礼敬神灵，在制作这种图案之前，占族人通常会举行仪式祝祷。

即将被尊为“织锦大师”的女子的家人邀请阿查尔祭司回家敬神。敬神仪式在家里举行。下午，祭司会在院子里跳舞，供品是山羊汤、煮羊肉、米饭等。由阿查尔祭司主持仪式的全部过程。

锦布有许多不同的颜色，白色、黑色、红色、淡黄色、棕色、靛蓝色、优质绿色等。过去，人们主要使用由当地植物加工而成的植物色素。占族人从线开始染。黑色由兽果（一种森林野果）制成。他们将山上采摘的果实带回捣烂，用水浸泡，然后煮沸、染色，最后，还会将染好的纱线在泥水中浸泡三天三夜。为了获得红色，人们拿起覆盆子，将其切成小块，浸泡在水中。当然，红色也可以从红蚂蚁的翅膀中提取。红棕色是从当地的一种利利坤树的树皮泡水多日后提取的，这种树皮泡出来的棕色富含树胶，极难褪色。织物的淡黄色则是将压碎的姜黄或黄酸果倒入一锅水中，浸泡四五天制作而成。棕色染料则是用茉莉树茎切片泡水加工而成的。靛蓝是将蓝靛树的茎切成小块，泡在水里制成。也可以混合染料调为浅绿色、藏青色。将植物的叶子浸泡在水中会产生绿色，不过占族人不常制作绿色，而是从京族人那里直接购买绿线。

白色是纱线的本色，不需要制作，但如果是蚕丝，线的颜色则略带黄色。

在染线之前，人们会先煮上色水，然后将线浸入一桶沸腾的早已有颜色的水中。若只成卷地将线浸泡在里面，需要15分钟就能完成。接下来便是把线拿出来在阳光下晒干即可。

不过，现在人们不再种植棉花和养蚕，美业村占族人的传统织线已被从胡志明市购买的工业纺线所取代。

占族文化研究者沙迦叶著有《占族人的传统编织》一书，在书中他介绍道，占族织物上有40种图案，其中传统图案30多种，其余为从其他民族引进和借鉴的新图案。大多数传统图案都是占族人从身边的大自然中得到的灵感，如橄榄、大豆、爆米粒、丁香花、藤蔓、丝瓜、菩提叶、杏花、鸡眼、狗爪、蜥蜴、鸽子颈、蝴蝶、兔子、螃蟹、龙、金翅鸟、爪鸟、孔雀、船锚、网状、圆形、星星等。萨卡亚将图案分为4组：植物图案、动物图案、物体图案和其他图案。他说："占族图案的特点是一个图案单元由许多不同的单个图案组成，分为主要图案和次要图案。主要图案出现在图案单元的中心，突显在织物的背景，由两条称为'雅兰·拉特'的纵向边界隔开。次要图案装饰会有两个'吉考克'的轮廓。比如，一个单元用3个图案组合，这3个图案相互交替。在命名时，通常将3个单个图案的名字重叠使用。最典型的例子就是橄榄、狗爪和船锚。"

一场春天里的盛宴

1991 年以来，美业占族织锦村发展势头强劲，不仅打入胡志明市、芽庄、大叻、邦美蜀、岘港、顺化、河内等越南国内市场，也面向国外市场。因罗诃尼是一家最早成立的纺织企业，规模最大。因罗诃尼诞生于 1992 年，当时只有 10 名织工，后来拥有 100 多名员工。该企业与胡志明市的服装公司合作，以寻找产品输出渠道。其生产不限于传统产品，还推出了手袋、钱包、背包、衬衫、帽子等多种新产品，迎合广大消费者的口味。

每天，工匠只能手工织出 3 ～ 4 米的织锦。66 岁的路氏钟从事织布工作已有 30 多年，每天仍坐在织布机前工作。她说:“每天，用这个织锦架能织大概 4 米长的占锦。这种图案在占族语中称为‘美达梅努克（鸡的眼睛）’，可以作为很多种不同商品的装饰纹样，如包、钱包、领带、衬衫……”

目前，全村 95% 的家庭都以织锦为生，拥有熟练织工 500 余人、辅工 1000 余人。村民们不仅制作占族织锦，还根据订单制作其他产品卖给邻近的埃地族、朱鲁族、格贺族、拉格莱族的民众。

占美业织锦纺织企业生产服务合作社董事长兼社长含明绍说道："合作社成立于 2010 年 12 月 31 日，一开始只有 25 名社员，现已发展到 80 名。合作社现已生产 100 多种商品，主要供游客就地采购。合作社的月总收入较之前也翻了好几番，在一定程度上保证了社员的就业稳定。"合作社平均每月接待约 10 个代表团，其中包括越南社会主义共和国中央高级干部代表团。越南政府从保护和发展手工艺村的国家目标计划的资金中，拿出 3 亿越南盾来扩大生产和促进相关品牌推广。手上有了更多的资金，合作社管理层一方面大量采购原材料，分配给生产成员；另一方面，推介和委派人员到大城市和各省寻找合作伙伴，签订产品供应合同。目前，合作社已在胡志明市开设了产品介绍处，并推进在岘港市开设办事处。"为了保护传统工艺，从 2015 年开始，我们就发起了一个修复古老图案的项目。每年，合作社都会组织一次技能竞赛，以寻找优秀的人才。截至目前，我们已回收古纹样 14 件，其中，大号座架纹样 4 件、线框纹样 10 件。我们计划组织两个班级，让人们学习修复后的古纹样制作。"他说道。

美业占族织锦村已被宁顺省选为省内旅游目的地，因此得到了很多品牌推广方面的支持，也获得很多机会在国内外的交易会上介绍产品。除了使用传统木筐编织，美业村还投资了现代织机，以实现快速生产，同时确保产品的高质量。

一场春天里的盛宴正准时上演……

最后的雕刻者

“如果你想更多地了解登柯诺乡格贺族吉尔人的文化，你就去问问奔宁哈绍先生。”林同省乐阳县登柯诺乡党委副书记菲斯戎哈囊说。当他知道我们来这里的意图之后，果断地给了我们一个这样的建议。

上门女婿的手艺传承

在登柯诺乡，有一位60岁的老人，名叫“奔宁哈绍”。他是乡里唯一的格贺族吉尔人传统图腾木刻艺术的传承者。在吉尔人看来，图腾柱有着非常重要的地位，也是每逢节日必不可少的重要元素。这是因为图腾柱不但是生命的象征，连接着天与地、人与神（阳），而且吉尔人还希望通过它传达他们征服自然以实现美好生活的梦想。人们在庆祝节日时，常会竖起图腾柱，邀请客人到村里来参加活动、唱歌跳舞。正因为图腾柱的意义如此重要，所以它也被视作一件蕴含当地民族艺术的瑰宝。

每当登柯诺乡举办节庆活动的时候，人们就会准备一些带有传统图腾的木柱。当位于多尼姆乡比杜普—婆山国家公园需要展览用的图腾木柱时，他们第一时间就想到去找奔宁哈绍。他们来到登柯诺乡向当地人打听奔宁哈绍的情况，当地人热情地给他们指路，但旋即又略显担忧地喃喃自语道：“要是明天他死了，谁来给我们制作雕刻图案呢？”

几十年前，年轻的奔宁哈绍依照吉尔人的母系社会习俗去到登柯诺乡的妻子家居住。正是在这段时间，他的岳父罗翁哈征在与他一起工作的时候将吉尔人传统图腾的具体图案和雕刻的方法传授给了他。慢慢地，罗翁哈征的年纪越来越大，眼睛不再灵光，手也开始抖了起来，所以凡是上门求雕的，他都委托女婿去做了。在工作中熟能生巧的奔宁哈绍后来不仅能在柱子雕刻，还学会了在烟斗、酒杆、笛子、号管、药盒上刻字。奔宁哈绍回忆说："雕刻工作本身非常精细，耗时较长，因此需要非比寻常的耐心。每次我坐在家门前的树荫下雕刻，我的岳父和妻子就会陪我坐在一起。我雕刻一个图案，岳父就会讲述关于这个图案的故事。后来我明白了，不管刻什么图案，你必须理解它才能刻好。"通过"口传身教"，奔宁哈绍的岳父不仅在知识和雕刻技艺上对他年轻的女婿进行指导，最重要的是还使他对本民族传统图腾故事和雕刻的责任有了更为深刻的理解。渐渐地，人们仍然循着罗翁哈征的名号到这里找人雕刻，但都会不约而同地直接去找他那位年轻的女婿——奔宁哈绍。除了木雕，奔宁哈绍还自创了一种竹雕。他还记得自己早年笨手笨脚，连在树干上刻一些简单的线条都不会的样子，到后来竟成了这门手艺的传承人。而他的老师，也就是他的岳父，一生为吉尔人传统图腾雕刻忙碌的罗翁哈征，在百岁时离开了人世。

不过，奔宁哈绍大部分时间仍然为生计所困，在田间劳作。他的手并不像很多工匠和艺术家那样细长、柔软。这是一双粗糙、长满老茧的手——艰辛的体力劳动的结果。然而，当他放下镰刀、锄头，拿着吉尔人雕刻刀中最小的匕斯卓刀灵活地在木头上雕刻图案时，奔宁哈绍便又和其他许多艺术家一样，进入了只有他自己的世界——忘记了身边一切，沉浸在雕刻的工作当中。老人拿着一把小刀，目光透过破旧的眼镜，在一根巨大的树干上一刀一刀地刻着，仿佛倾注了他全部的心血。“这不仅仅是一幅装饰画，更是吉尔人从古至今生活中所发生的一切。”奔宁哈绍向我们讲述这些雕刻时说道。

每幅图案都是一个故事

奔宁哈绍刚刚为潭戎的一个家庭完成了一根小的图腾木柱，这个作品准备在这个家庭的新房礼上使用。在这根木柱上，从上到下有十个连续的图案。奔宁哈绍手捧着这棵树，给我们上了一堂吉尔人图腾的入门课。

他说道："每一种图案都有不同的含义。裹着纱布的枝条是吉尔人不可或缺的物品，在田间或森林里，人人手里都拿着一根纱棒，它也是耕种田地有日常粮食的工具。渔网是当地人用来在溪流中捕鱼的工具。如果做鱼干，就只抓大鱼、放小鱼。如果钓鱼煮汤，就只钓小鱼，放掉大鱼。没有太阳就没有生命，有了光，人类才能在这个地球上生存。黄鼠狼很聪明，我们的亲戚不管把种子播撒到哪里，它都能找出来吃掉。因此，播种之后，人们就在田里设置了一个捕捉它的陷阱。这是鸟的眼睛，鸟儿飞得很高，所以鸟儿的眼睛会看到所有的山和森林。这是牙锯，过去，我们的祖先有锯齿的习俗，男人锯平所有的上门牙，女人锯平锋利的下牙。锯好的牙齿要拿树叶染成黑色。没锯牙、没染牙的青年男女是不能成家的。

大约有十种图案经常出现在木柱上，而较少出现的图案则更多。它们都是通过模拟真实生活的人、动物和植物而创作。最难雕刻的图案是人面，因为它有小而曲折的线条。最容易雕刻的是鸟眼造型。刻好图案后给图案涂上漆，使其与雕刻物的外表融为一体，呈现黑黄、黑白的视觉效果即可。

奔宁哈绍耐心的讲解仿佛把一座民族的历史博物馆全部展现在我们眼前。古时候吉尔人就是这样生活的——与自然和谐相处、共存。或许正因如此，历经许多风风雨雨，这里的森林依旧翠绿葱葱。“森林是大自然母亲的馈赠。古吉尔人保卫森林如保卫母亲的血肉之躯，破坏森林者如不孝之子。”奔宁哈绍动情地说。

在奔宁哈绍那个可以俯瞰四面山丘的小木屋里，摆放着全套的锣钲、盆栽、烟斗、酒杆……上面都刻着传统的吉尔人图腾。主人需要准备好酒邀请远方的客人来他家做客。“酒是女儿酿的。”奔宁哈绍说道，“从前我的长辈告诉我做任何事都是有原因的。柱子上雕刻的图案是祈愿神灵保佑人们生活美好；刻在老人的烟斗上的图案是提醒子孙尊敬他们的；刻在酒杆是提醒人无论是悲伤还是快乐，都不能忘记喝酒的文化。”“我们不用带有塑料嘴的酒杆，更习惯使用藤条茎制成的酒杆。带回来的藤条削去外皮后，晒干，然后取一根小钢条，烧红后钻通藤条。酒杆的末端紧闭，两边各打两个小孔，避免酒洒入杆内。酒杆外面系着一缕豪猪尾毛，这样轮到自己喝酒时，喝酒的人会摇动酒杆，旁边的人就会明白要给你加酒了。吉尔人自己不给自己倒酒，给自己倒酒是喝罚酒。”酒坛子热气腾腾，奔宁哈绍讲起吉尔人的故事如雨林中的大雨倾泻而下，磅礴有力又充满魔力。由于奔宁哈绍对吉尔人传统文化知识的热爱，徒步者、越南和你、格里越南等多家旅游公司都与他合作开发了旅游项目，由他带着游客去观赏登柯诺的自然和风土人情。奔宁哈绍的老朋友、资深导游科旺说道："游客来找奔宁哈绍先生是为了感受吉尔人的文化。他们把当地的故事和刻着吉尔人的图腾的酒杆、烟斗、木雕等当作纪念品带回家。除了制作刻有吉尔人图腾的纪念品，奔宁哈绍还与一家旅游公司合作，收集了一套完整的古代吉尔人锣钲。山上那间小房子里的锣钲演奏的音乐和说不完的故事，也把我们带到这片"神奇之地"未完成的历史传说之中。

独特的刀味

最能代表当地图腾装饰艺术的首先当属雕刻，一般先用刀在木头或竹子上完成雕刻，再延伸到铜器上。

西原高原的一把刻刀向我们展示了从实用到审美的流转：刀是用来干活的，握刀的手是用来创造美的。雕刻的纹理是纯粹朴实的装饰和几何图案，有线条、斜线、“之”字形条纹、菱形等。工具柄、烟斗、药盒、圆管上都刻满了这样的图案……

当地传说一名叫“叮咚”的英雄在冥界发现了绘画的颜料，他将这件事情告诉了自己的信使乌鸦，乌鸦把所有颜料都用在了自己身上，结果羽毛被染黑。后来，乌鸦把这个方法教授给了猫头鹰，猫头鹰又将黑色带到了人间，继而成为人们美术装饰的一种颜色。

雕刻品中的黑色颜料来自当地植物，人们取一种叫“做”的植物的汁液，用木炭煮，直到它变成略带黏稠的糊状物。红色颜料来自矿物，用水溶解一种叫“古尔”的岩石粉末即可得到。一些野生的叶子也用于制作深红色颜料。上色的画笔是一根简单的尖竹签。用这些传统技法制作的颜料非常耐用，用水洗不掉，只有长时间暴露在阳光下才会褪色。

当地艺术中最知名的杰作当属图腾木柱，每逢重大节日，都会用在庆典之上，这是为了吸引众神的注意，让众神保佑这里的村庄和田野。当然，它本身也带着艺术的效果——为村庄节日带来欢乐，这即使不是首要的意图，无疑也是最重要的意图之一。

血脉相连

我的两个朋友在林同省当导游，他们有一个共同点，即都流着两个民族——格贺族和埃地族的血统。他们都怀揣着连接相邻的比杜普峰和朱杨申峰的梦想。这两座神圣的山峰仿佛象征着流淌在他们身体里两种不同民族的血脉，象征着林同和得乐这两个“父母之乡”。

相邀上路

对科旺来说，征服楚阳仙之巅，是他回到埃地族寻找自己父亲及故乡的一个方式。而对吉尔科辉来说，他的故事更加曲折和悲伤。由于家庭原因，吉尔科辉小时候就被曾祖母卖掉了，是林同的商人将他带回了家。他多次询问自己的养母，才得知自己虽来自吉尔人的原生家庭，但身上也流着埃地族的血液。或许，这就是吉尔科辉在一些社交网络平台上给自己的账号取名为“邦育（埃地语。“邦”是老头，“育”是从前的生活）”的原因吧。他用此提醒自己——永远要记住父亲的故乡。相似的经历让科旺和吉尔科辉成了朋友。

我们三人相邀上路，踏上了一段特殊的旅程。

我们一路看到格贺族人，或在咖啡田里辛勤工作，或忙碌在从森林回家的路上——他们在森林里采摘栗子、蘑菇、采药……

丹起亚湖上游的吊桥太晃太窄，我们不得不互相让路通行。过了桥，我们在浪平高原美丽的林间小路上穿行。大约30分钟后，我们就骑车来到新铺好的722省道了。路过天门站，我们看到了色彩斑斓的枫叶。傍晚 5 点左右，我们到达登柯诺乡。可惜雨后的白色浓雾挡住了去路。再往前走，克容诺河横在了我们眼前。几天前，我们在路线调查时认为能够很快抵达这条河的上游，但由于现在降雨导致水量暴涨，我们不得调整了原有的计划。

这条沿河的小窄路沿途景色秀美。我们穿过一片竹林，前方泥泞不堪的道路导致我们只能推着车前进。深林之中，只听得见克容诺河的奔流声和摩托车发动机的声音。天开始黑了，但我们还是决定先到潭戎县的多龙乡住一晚，以便第二天早点出发赶到得乐省的克容崩县克容克马镇。

傍晚 7 点左右，我们到达了拥有该地区唯一一处温泉的多龙乡。不过我们这时候已经没有心思去泡温泉了，只是希望能找个人问问怎么穿过眼前的林间小道，前往比杜普和朱杨申两座山峰。

第二天一早，我们背上背包，按计划前往克容克马。当然，这还要感谢大伯（这属于格贺族的非正式称呼，晚辈有的时候不叫长辈的真名）给我们指明了从克容诺河到两省边界的最短路线。按照大伯的提示，我们再一次来到了克容诺河。这里的黎明静悄悄，咖啡园长满了红黄的罗布斯塔浆果。

不一会儿，一面充满诗意的湖出现在我们眼前，吉尔科辉突然叫了出来："我们怎么这么快就到拉克湖了？！"科旺看着他笑了笑，回答道："不是，这里是南卡湖。"原来，吉尔科辉是第一次来到这里，所以认错了地方。

上午 9 点 20 分，我们到达了阳烈路口，继续前行 15 千米后才又到达了克容克马镇。在这里我们遇到了一位在朱杨申国家公园工作的朋友——春山。他和科旺、吉尔科辉之前曾一起攀登过几次比杜普峰。

我们继续骑摩托车前行。沿途景色太美了，大家一路欢笑。经过大约 1 个小时的车程，我们停下摩托车开始徒步。我们单列行走，这是越野旅行最常见的方式。

“哇！”我又惊又喜地叫了出来因为眼前出现了一大片暹罗木林，这是一种名贵的木本植物，在这里居然随处可见。要知道，之前在比杜普我们才看到几棵就已经很兴奋了。

下午 3 点左右，吉尔科辉从我身后冲了上来。我和科旺笑了，那感觉有点像在跑步比赛冲刺终点的阶段遇到了一个势均力敌的对手。我们背着行李和食物前往营地，一起打扫卫生、生火、搭帐篷。篝火晚会是那么的温馨，大家亲密无间。我们烤着栗子，煮着鸡肉粥，还和一起上山的人来了一段埃地族歌曲，唱的都是已故艺术家伊莫安、查皮梦、伊三涅的歌。吃完闹完，人们各自回到了自己的帐篷里和吊床上。我们则和埃地族的朋友们按照传统方式坐在火炉旁过夜。围着篝火，暖暖的感觉让我们不知不觉地睡着了……

朱杨申峰的征服之旅

从林中的早晨令人神清气爽。吃过早饭，我们开始了对朱杨申峰的征服之旅。和昨天一样，科旺主要在前面开路，完成接下来的森林探险。他时不时需要停下来等待后面的人。前面并不清晰的山路反而让他更加兴奋。

当我们到达与比杜普峰中一样葱郁的苔藓森林时，天气突然放晴，但当我们爬升到海拔 2200 多米处后，山顶附近的竹林让我们有点摸不着头脑。

我紧紧跟在吉尔科辉的身后，拿着小刀清理掉路两旁刚长出来的小竹笋。这些竹笋用不了多久就会把小路遮住，接下来上山的人会比较困难。最后，当朱杨申峰顶的三角碑出现在眼前时，大家都惊呼了起来。这个地方足以容纳五六个人拍照。我数了一下，有七个玻璃瓶放在这里，上面写着以前山峰征服者的名字，一旁插着两面越南国旗。

成功征服了朱杨申峰，我们坐下来分享背包里的食物，活像一个小家庭。

有了科旺和吉尔科辉，“征服”才刚刚开始，他们还处于寻找未来连接比杜普峰和朱杨申峰的起点上。

告别一同上山的人，我们下山后打算骑摩托车到多龙乡。我们将继续住在这里，希望能找到一个能带我们穿过森林和河流横穿两座高峰的人。

晚上 8 点左右，我们沿着克容诺河顺流而下，到达了多龙乡。经过一天的辛苦，我们到达温泉时只有几个当地人在里面洗澡。

第二天一早，我们告别熟悉的多龙人，依旧沿着克容诺河的路线返回。现在是阿拉比卡咖啡豆的收获季节，登柯诺乡沿途可以看到河边孤零零生长着的野向日葵。科旺这时突然开始喃喃自语："这里的人伐毁了很多森林，收获的旱稻还是不够吃，人民也背上了伐木毁林的坏名声……但他们不这样做，又能如何呢？还不如这样，别再砍树了，就在原地种植旱稻，收获之后等着秸秆腐烂变成有机肥，既能把森林保护起来，又保留了传统的旱稻品种……"

朱杨申峰之行在科旺寻找父亲家乡的旅程中绝对是特别的一段。然而因为时间紧迫，来不及详细计划，他还没有机会找到父亲和那里的亲人。"我们或许可以做些什么来避免我们的亲人们因砍伐森林而声名狼藉，从而真正让他们摆脱贫困。旅游业，这将是我们解决这个问题的一条道路吗？"他继续自顾自地说道，旋即陷入沉思。至于吉尔科辉，回来的路上他一路无话。望着云雾中的山峰，想起童年时的经历，他一定很伤心吧……

在步行中汲取文化

运盐之路是越南最美的徒步路线，位于大能和潘勇，连接比杜普和朱杨申两座神山。这条位于西原高原南部的道路吸引了许多国内外的游客。它的开辟者是穆尔·科旺，一个 40 岁的“老男孩”。其母亲是格贺族人、父亲是埃地族人。

童年阴影

和科旺做了十来年的朋友，并一起走过许多路，我总是惊叹于他行走的力量和勇敢。要约他在他家里见面（林同省乐阳县乐阳镇奔纽尔C村），比你在森林里见到他更难。他的足迹总是布满崇山峻岭。“我是森林的一部分。我对森林有着与生俱来的贴近、信念和爱……”科旺分享道。他每周会花五天时间待在森林里，拜访朋友，做调研并开始新的旅行。几乎每个周末他都有一个徒步旅行的时间表。

从事旅游业，对科旺来说有着一个偶然但曲折的故事。这一切都从一堂地理课开始。当时，科旺还只是林同省夷灵县莲潭中学的一个9年级学生。“老师那天教的课是关于森林砍伐如何影响自然环境的内容。我从教室的窗户望出去，可以看到外面的山丘——人们为了种植旱稻而砍伐森林的地方，绿色稻田之间长长的‘之’字形白色条纹很清晰。那些条纹是多次大雨冲刷泥土的产物。我很伤心，山上那些白色条纹让我的心蒙上了阴影。”

当他看到成群结队的大人早上提着篮子和纱棒进入森林，

直到晚上才回来时，这个阴影在科旺的心里不断扩大。忙碌一整天，大人的所得还是很微薄。科旺看着他们穿过 20 号公路，直到黑夜才循着商店的灯光回到村庄，一份担忧一直在这个幼小的孩子的脑海中蔓延。但他那时还没有真正弄清楚那些人究竟在做什么，而他自己应该做些什么……

正是这些疑惑和阴影让科旺的人生有了新的方向。从 1991 年开始，莲潭地区因种植咖啡收入颇丰，人们的生活也因此逐渐发生了变化。许多家庭通过咖啡致富的梦想成真。城里人两小时的咖啡时光对许多当地人来说成了极具强大吸引力的赚钱渠道。科旺的四个兄弟姐妹和他的许多朋友因此全部辍学而投入咖啡种植，将他们父辈留下的土地上的其他植物清理掉，以种植咖啡。而童年的疑惑、山坡上白色条纹留下的心理阴影让科旺冷静下来，他选择继续留在学校读书。

中学的老师们仍然记得科旺是一个英语科目的“天才”。果不其然，后来他轻松地通过了大叻大学外语系的入学考试。2005 年，科旺大学毕业后，凭借支持西原高原少数民族青年就业政策的帮助，在丹起亚湖—金溪旅游区做起了管理、保护和开发部门工作。他参与森林开发，直接负责丹起亚湖区周围的许多地方。这也是一个帮助他更深入地学习和了解森林的好机会。与此同时，当他亲眼看到亲戚砍伐森林后盲目耕种并没有创造理想的经济效益，反而触犯了当地法律后，儿时的心理阴影又重现在他脑中：他们明明就是在“啃噬”森林！在丹起亚湖的五年工作经验让科旺对森林有了丰富的了解，因此在 2011 年 4 月，当丹起亚湖—金溪旅游区划归到比杜普—婆山国家公园的管理下时，园长直接指派他开展公园管理工作。

“幸运的是，我在国家公园工作时，很快被派往日本参加JICA（日本国际协力机构）的生态旅游培训。培训课程教会了我收集、完善并系统化管理当地旅游资源的方法，正巧我可将其投入比杜普—婆山国家公园的生态旅游业务中。”“生态旅游寻宝”这个课题为科旺打开了很多有趣的思路。

上课的时候，老师提到连村里的土特产都是村里文化，而这是这个民族最独特的东西。这句话一直回荡在科旺的脑海里。他回忆道：“当时我感觉被点醒了。天哪，我们怎么这么浪费？！哦，我的天哪，为什么我们以前没有注意到这一点？！我渴望修复、保存和创造属于我们的宝藏。”

这是一段漫长的旅程，在参加了JICA的培训课程并遇到新谷教授之后，科旺的人生才真的转向了一个全新的方向，一个他以前从未想过的方向，那就是发展旅游业。

走进它的灵魂……

客人在跟随科旺进行徒步之旅的过程中，总能沉浸在西原高原南部高地民族的独特文化中。

科旺的社交网络账号上总是发布一些关于当地道路、山脉、村庄的图片，用格贺语、英语和越南语，以质朴和感性的方式讲述真实的人物的故事。读故事、看照片、感受生活、品味作者和土地的情感和依恋……许多旅行爱好者都乐于关注科旺的账号，去感受他的图片与文字，并分享给自己的好朋友。

为了准备好每一次旅程，科旺总是会先行一步，学习并特意收集那条路上的老人讲述的故事。他称其为“探索道路的健康状况”。在当地人的帮助下，科旺牢牢掌握了生物多样性，以及自然和人类对这些生物带来的影响。知道了这条路的“背景”与“健康状况”，科旺便知道该去哪里、在哪里该停下来休息、在哪里可以露营、去哪里找柴火、去哪里找水煮饭，甚至在哪棵树下休息是安全的（有些树有危险的烂树枝）……“知道这条路是否‘健康’，你就永远不会在这条路上感到不适或被动。”他总结道。在科旺的背包里，总是放着格贺族人的传统物品。我最熟悉的是一种叫作“匕斯”的小刀，这是格贺族人的一把多用途小刀，刀的多功能性取决于使用者的双手。不过我敢肯定，对格贺族人来说，任何一把匕斯卓都是“多才多艺”的，因为操作它们的人有一双多才多艺的手。篮子、纱布，以及木柱上的图腾、酒杆、烟斗……都是由格贺族人灵巧的双手制成的。作为一个格贺族人，科旺正使用匕斯卓来剥栗子树枝的皮，以做成供客人登山或支起帐篷的棍子……在科旺的背包里还有一个竹筒盐罐。盐拌野椒、蘸水煮野菜、蘸烤肉，或是用来调味粥……科旺也总备着纱棒，用来开道铺路，以应对未来的不确定性。在森林里生活是格贺族天生的本能。

科旺为他的民族感到非常自豪。与他在一起，格贺族的民族文化无处不在。他想方设法与游客分享他的这种热情。他说：“我这样做的方式并不是意在分享很多信息，而是让客人真正沉浸在当地人的生活中。例如，当我组织一群家庭客人在我家的吊脚楼享用拉赫人（格贺族分支）的美食时，一个名叫‘保罗’的游客兴奋地向我学习并演唱了拉赫人的民歌。我并没有向游客介绍拉赫人的民歌有多好听，但坐在摇曳的炉火旁，喝着小酒，听着这样的歌声，顿时就会让人心旷神怡。我在一些社交网络平台上发的文章，总是围绕民族的寓言故事、自然耕作方法、草药等主题展开记述。渐渐地，游客们了解了这里的文化，并走进了它的灵魂。”

许多人在联系科旺预订旅游时，问的第一个问题总是：“那条路线有什么特别之处？”而他的回答总是：“你去吧，你总会在那里看到很多特别的东西。”很多人在收到这个奇特的回答后并没有预订旅游，但也激起了很多人的好奇心。

“旅行之后，我们成了朋友。临别之时，我们都约好了再回来，继续学习森林的趣事和当地人民的文化。‘我们再回来’的承诺也都实现了，因为我们相信并喜欢科旺。”一位科旺的常客——海登说道。

旅行是文化的碰撞

“我不仅是在带团旅行，还是在实现我的梦想。核心价值就是寻找我的梦想——走进我的亲人们的原始生活。西原高原蕴藏着很多有趣的文化，我要让朋友们知道它的富饶与美丽。我不想漂洋过海，而是想多待在山里。光是西原高原的一切，就已经让我觉得浩瀚无边了。我这样定义自己的生活并和伙伴们分享它，去丛林就是一步一步地走，去了解，而不是去征服、去打卡，要去感受你其实就是它的一部分。”科旺坦诚地说道。

科旺很喜欢一句当地的老话——“过去，山是挨着的”。这句话让科旺茅塞顿开。山脉相连，随着地球的运动开始分裂，这不仅仅是对自然现象的解释。老话阐释了高地民族之间的亲近情感。这就是为什么无论科旺走到哪里，他都能找到当地的老人。在格贺族人、斯勒人、吉尔人、拉赫人、拉格莱族人、埃地族人的任何村庄，他总是使用亲切真挚的情感和语言与人和谐地交谈。我目睹了很多次，虽然听不懂谈话的内容，但是看着他们明亮的眼神，看到他们拥抱、问候、互相关心的样子，我相信他们是爱着彼此的。

在寻找“宝物”的路上，科旺发现人是最珍贵的“宝物”。因此，在比杜普—婆山国家公园工作期间，他是乐阳县的多尼姆乡和多柴斯乡建立的两个社区生态旅游集团的关键因素。利用实施“加强社群管理能力”项目的契机，经过多年寻找人员，以及培训和磨合，科旺拥有了值得信赖的合作伙伴，包括吉尔菲克鲁塔尼、吉尔菲克鲁哈斋、浪河夏金等人。夏金了解森林中的每一棵树。塔尼则知道许多与森林相关的古人故事，以及每座山、每个斜坡和每条溪流名称的含义。他给旅客们介绍这里的福建柏、二叶松……每一棵树都有一个灵魂，每一座山都有一段历史，这就是为什么人们不会随意砍伐树木的原因。不仅对游客而言，甚至对塔尼的家人和邻居而言，他也是一位优秀的森林解说员。塔尼说：“我希望人们不要像以前那样为了耕种而砍伐森林。这就好比如果我有一块土地，但没有钱投资、没有知识生产，那还不如只有少量土地而懂得有效投资的人收获更多。”至于哈斋……有一次带队的时候，一个团员不小心掉落了垃圾，哈斋悄悄走到队伍最后，捡起垃圾装进自己的口袋。这个格贺族男人无声的行为默默地提醒了整个团队。

现在，辞去了比杜普—婆山国家公园的工作，开始了自己的事业，科旺有了更多的机会去寻找自己那颗与森林“一起哭泣”的心。徒步旅行的特别向导雅塔认为大能－潘勇徒步旅行线路是全越南最美丽的一条徒步旅行线路。当科旺踏上这片土地时，语言、文化和“诸山相依”的思想使他受到了这里村民的欢迎。他的故事改变了像雅塔这样的人的看法。因此，尽管雅塔的父亲是一位远近闻名的猎人，雅塔还是选择成为一名导游。科旺完全放心让雅塔带领客人徒步，因为最重要的是科旺认为雅塔也属于这片土地。

科旺在评论他的二十多名同事时说：“他们是每片土地的灵魂。除了对森林固有的认识，他们每天都在不断地学习和完善自己的知识储备，因为森林总是蕴藏着许多奥秘。他们去找村里的长辈，收集有关本族人的习俗、文化和当地知识，这是做好导游工作和增加收入的一种途径，更重要的是，这也是他们保护森林和保护祖先文化的一种方式。”

如果不能创造经济，文化就会消亡。人以文化为生，文化才能得到最好的保存。旅游业不完全是利用风景的“躯壳”。了解到这一点，科旺不断地为这次旅行打造“灵魂”——每一次旅行都是文化的碰撞。在那里，游客可以欣赏美丽的风景，沐浴在森林清新的空气中，学习在森林中生存的知识，购买土特产……“探索自然—体验文化—发展村落”是科旺和哈斋、塔尼、夏金、雅塔这些朋友们的共同心愿。他们依靠祖先留下的民族文化谋生，同时也传播着民族文化。

作品饱含西原高原灵魂的作家阮玉说道：“旅游是让西原高原人民回归中心地位，同时恢复高原文化风貌的一条重要、有效的途径。它完全符合西原高原的特点。”科旺正聚集许多志同道合的人一起坚定地行走在这条路上。

寻找新物种

日复一日，他们静静地脱离生活的喧嚣，隐匿于大千世界，漂浮在大海的中央。他们手握一根兰枝，捉到一条鱼后默默地测量、记录、拍照……正是他们为越南的生物多样性作出了贡献。他们为发现新物种而欢欣鼓舞，也为动植物的灭绝而悲伤……

精彩的夜间森林

晚上 9 点，同奈省自然文化保护区，风沙沙作响，虫鸣声、壁虎叫声、夜间觅食的鸟啼声……额头上的电筒，背上的三个背包，胸前的相机，左手拿着夹子、样本盒，我们“全副武装”地进入了森林。

保持沉默，仔细扫视前后左右，手臂小幅度摆动，小步移动，保持规律有序地呼吸……我跟随生物多样性研究人员冯美中的脚步行走着。刚刚停了一场雨，所以小路上到处都是腐烂的叶子，散发着发霉的味道，被水弄湿后人踩上去滑溜溜的，像踩上油脂一样。我们不停地涉水，举起树枝，掠过树叶，走着、寻找着，竖起耳朵听着。走了大约 15 分钟，冯美中停在一棵油树前，轻声叫我。“看，吉仙裸趾虎！吉仙裸趾虎这个物种属于壁虎科，有鳞目。这种夜间活动的爬行动物通常生活在大树桩或植被中。它的食物是小昆虫。在雨季开始时，雌性通常会在树洞和树桩中产下三四个卵。这个物种主要分布在吉仙国家公园、永九（同奈省）、宫山（巴地－头顿省）、福平国家公园（宁顺省）……”他解释道。这只雄性个体胆子很大，无论我们如何用明亮的手电筒打扰它，用闪光灯闪它，它一直向上看着，保持静止。10 分钟后，拍到了清晰的照片并记录了详细的笔记后，我们为它恢复宁静、继续觅食。

到达小路旁的一块开阔地时，冯美中让我停下来，向我讲解了越南雨林中一种植物和昆虫之间有着最明显共生关系的例子。蚂蚁巢球是茜草科蚁寨属植物的一种，越南民间俗称其为“公西葫芦”。这是一种附生植物，它的茎会转化为块茎，块茎的底部会长出小根，上部长出小枝——短而肥的棕色树枝。其叶对生，厚，椭圆形，长 6 ～ 9 厘米，宽 2.5 ～ 6 厘米；基部椭圆形，先端钝，两面光滑，腹面暗有光泽，背面灰白色。这种植物坏掉了的叶子会很快脱落；花无梗，由四到五个分枝簇生于叶腋，白色；果实小，长圆柱形，成熟时呈橙色。从种子发芽、生根，到变成附着在树木或岩石中空，这种附生植物具有从数千年的进化中获得的强大的遗传能力，它可以找到与蚂蚁共生的方法来生长。作为艰难地生存于这个世界的黏附物种，它的发芽期也是根部从死细胞（它们赖以生存的寄主植物的腐殖质层）吸收养分的时候开始，然后随着岁月的流逝，积累了养分的根茎开始膨胀，植物周围的养分越来越枯竭，块茎部分随时间长出小孔。为了获得长期帮助，块茎开始分泌某些物质，吸引附近的蚂蚁前来觅食，于是共生就正式开始了。蚁丘的块茎继续快速生长，形成一个坚实的保护场所，供蚂蚁栖息。蚂蚁出于保护蚁巢的本能反应，消灭前来侵扰的其他昆虫。这种共生的生活一直持续到蚂蚁大量繁殖、引诱剂的来源逐渐耗尽为止。蚂蚁开始组织起来寻找食物，带回喂养蚁群，因此这种植物的部分排泄物和食物又能与蚂蚁巢球共享。据药理学研究表明，该植物不会接受某些只攻击块茎层或单纯汲取其分泌养分的蚂蚁共生，因此，它产生的毒素只对共生蚂蚁群体免疫。根据埃地族人的经验，雄西葫芦入药，可治疗肝病、黄疸病、妇女产后病等。此外，将几片雄西葫芦压碎，加糖蒸熟，可治小儿咳嗽。当然，它也可用于治疗风湿病、筋骨疼痛、血肿。目前，该物种已被列入越南红皮书。

就在雄西葫芦的树枝上，我发现了一只褐喉鸡正坐着睡得极香。至于冯美中先生，他永远令人咋舌，因为他弄丢了一条小花蛇——红脖颈槽蛇。那条蛇有着橄榄色的脑袋、漂亮的橄榄绿身体、淡红色的脖子、灰色的腹部。这也正是冯美中想要的样品，所以他叫我帮他一起找。说起蛇，我就脊背发凉，但又不好意思拒绝，只好摸着烂叶子，故意发出响动好让蛇赶紧逃走。最终，蛇没找着，冯美中觉得很遗憾，我却松了一口气。我问他这蛇有没有毒，他平静地回答：“有毒，但我没见过有人被它咬死。几年前，在比杜普—婆山国家公园，我曾在专注于为它拍照时，被一条雄蛇咬伤过手臂……”

继续走走停停，拍摄记录。叶蛙、蝴蝶、竹节虫、青蛇、蜗牛、蠕虫和尘刺都成了我们的相机里和本子上的记录。正当累得腰酸背疼、满头大汗时，天空突然下起了雨，我们拿出一件雨衣，把工具裹好，就这样淋着雨，擦了擦脸又走了 2 个小时。在接下来的一段路程里，我们一共捕捉到 6 个样本，分别是一条老挝白环蛇、一只吉仙裸趾虎、三只侏蜥、一只溪蛙。忙了一晚上，我们才终于回到了位于森林边缘的小房子里。

换好衣服，用毯子盖着躺了一会儿，我看到马克·罗宾斯博士醒来准备出发寻找鸟类。他是美国堪萨斯大学研究小组的负责人，他的合作者——莎拉·罗尔斯、史蒂夫·罗尔斯、内特·奈斯、埃里克·A. 加西亚－特雷乔已经在这里调查了一个月的鸟类了。当他告诉我他会带我去犀鸟所在的地方时，我掀开毯子站了起来。我和越南生态与生物资源研究所的黎孟雄先生曾带他前往东部地区记录和拍摄过鸟类。第一次来越南，马克就觉得自己来对了地方——找到了具有多样性价值的鸟类栖息地，因此他非常高兴。每天，他凌晨 3 点起床，步行约 12 千米的路途去听鸟、观鸟。带着识别书、笔记本、笔、录音机、双筒望远镜、长焦相机等设备，我们和他静静地走着，一边观察、一边拍照……当拍摄到雄性和雌性红腿翡翠鸟并捕捉到它们的音像资料时，整个团队都兴奋不已，只因这种鸟是该地区特有的物种。

早上 7 时许，我们刚回到营地，就听说同奈省自然文化保护区官员阮德秀先生带队到森林北部的溪边撒网去抓鸟。拍照、记笔记、解剖、制作标本……又一趟繁忙的工作开始了。

快乐或悲伤的回忆

越南生物多样性资源十分丰富，全国大约有 14000 种高等维管束植物；已鉴定出约 7000 种高等植物、800 种苔藓、600 种真菌、600 种海藻；其中，特有植物有 1200 种，被用作食品、医药、精油、建筑材料的植物有 2300 多种，用于医药目的的植物物种的百分比高达 28%；植物区系有红木、桃花心木、黄连鸡腿木、三瓣木、福建柏等许多稀有珍贵树木。截至目前，越南已鉴定的哺乳动物 275 种，鸟类 1009 种、爬行类和两栖类动物 349 种、淡水鱼 527 种、海鱼约 2038 种、昆虫 12000 种、甲壳类 1600 种、棘皮动物 350 种、多毛纲动物 700 种、软体动物 2500 种，珊瑚 350 种等。动物群中还有一些稀有物种，如大象、犀牛、野牛、水牛、老虎、豹、懒猴、黑长臂猿、叶猴、金丝猴、白头叶猴、裸颈鹳、蓝翅朱鹭、中南大羚、旋角牛等。

为了得到这些数据，科学家们每天默默地穿过森林，潜水观察和识别物种。这忙碌又重复的工作，给他们留下了无数快乐或悲伤的回忆。

越南生态与生物资源研究所的黎孟雄博士曾“上天入地”

数百次追踪各种鸟类。他最痛苦的记忆莫过于带领美国堪萨斯州大学研究团队访问赴同奈省永九自然保护区考察鸟类。2010年4月的20天里，除了工作时间，黎孟雄博士还需要尽职尽责地帮外国同事办事：去菜市场买菜，将衣服拿到大街上的店里洗……“在我去任何地方之前，我一再告诉他们，如果他们抓到任何鸟类，在我回来之前都不要解剖样本。然而，一天早上，我把一行人的衣服拿去洗衣店和熨烫店，回来的时候，一只雄性褐翅翡翠鸟已经被他们解剖了。我的心都碎了！因为我已经12年没见过这个物种了……”他回忆道。

黑夜，阴雨绵绵，寒风凛冽，在老街省沙巴镇番西攀峰附近海拔2900米的陡崖边，两个人在黑暗中静静地摸索着、寻找着。人一旦摔下去，就不可能有生还的机会，只有热情和强烈的渴望支撑着他们战胜恐惧。他们正在研究这里发现的一种新蟾蜍，并计划在未来发表相关论述。“这是我近20年研究生物多样性遇到过的最兴奋的事！”冯美中兴奋地说道。他对物种分类的研究有着一种源自本能的狂热。当然，研究本身是对绿色森林的一种亏欠，所以研究中心必须做很多事情，把对环境的保护意识带给每个人。在保护生物多样性方面，他搭建了“越南森林生物”网站。网站对分属不同目、科、属的2000多种动植物进行了编排和描述，供人们查阅。此外，他还制作了能在手机上运行的SVR移动（SVR Mobile）软件，以帮助人们查找越南森林物种，并帮助人们在国家公园和自然保护区迷路时寻找方向。

跟随科学家寻找新物种的脚步，我也看到了大家的担忧。

首先，收入太低，很多人难以全身心地投入工作。他们还担心，因为越南的科学只停留在学术界，还没有服务于大众，所以大众很难在物质上和精神上接受和支持这一事业。其次，基础设施欠缺，没有可供比较的标准样板间，没有大型的研究中心和博物馆……冯美中经常与外国科学家合作，他评论道："他们工作起来专业、热情、全心全意。他们以 3 ～ 5 人一组的方式工作，他们的专业知识范围不广但非常精深。每个人只专注于自己的领域，并通过组长的相互配合收到了很好的效果。他们的基础科学非常扎实，这使他们掌握了很多专业知识。高科技设备为他们采集样品及其他工作提供了很多帮助（每盏灯、捕捉网、捕蛇器等设备价格数百美元一件，且功能强大）。他们友好，懂得团队合作，并且受到了很多人的欢迎。"

据胡志明市热带生物研究所的负责人阮陈伟介绍，鸟类研究的难点在于它们的动物群非常庞大。要采集大型鸟类的样本，科学家们必须戴上耳机，用双筒望远镜观察、用相机拍照、用录音设备录制声音资料，并撰写或描述材料。至于那些无法从远处观察到的小鸟，则须用诱捕器诱捕，记录后将其放生。如果不能现场记录描述，就带回营地给分析师作进一步分析。人虽然能看到这只鸟，但给它拍照很难，因为鸟儿总是从一个地方跳到另一个地方。摄影师必须将相机放在预测鸟类会经过的位置，有时得几乎一动不动地坐上一两个小时，才能在一瞬间拍下照片。不过，到处寻访调查、寻找新物种正是他的热情所在。为了公布越南东南地区的特有物种橙颈山鹧鸪，他在森林里吃方便面、喝泉水、睡帐篷，就这样熬了整整一个月。

在这个过程中，也会有非常不期而遇的发现。2000 年，路过河内市还剑郡鼓行坊珍锦街 8 号门时，素有“植物活字典”之称的药理学教授武文专抬眼望向门柱，让他惊喜的是，他竟发现了一个最早可追溯到 3 亿前年泥盆纪时期的珍贵树种——松针蕨。这种珍稀植物为多年生附生植物，高 20 ～ 60 厘米，无根，仅具假根，吸收器为一种叫“菌根”的共生真菌。松针蕨是一种罕见而独特的基因源，因为它是世界上现存为数不多的远古植物之一。那一刻，武教授知道，他的发表将令全世界的植物学家大吃一惊。之后，这棵树被列入越南红皮书。

救助野生动物

他们翘首企盼大雨快点停下来，以便能让他们尽快去到森林里拯救那些野生动物。他们急得像热锅上的蚂蚁……不过他们也希望……希望自己尽快失业——他们就是那些救护野生动物的人。

救助，如同救火

我跟随动物护理员陈英秀参观了他工作所在的古芝野生动物救助站（位于胡志明市古芝县安仁西十字路口 15 号省道 50 号）——一座面积为 0.4 公顷的建筑。这个救助站也被认为是越南南部地区最大的“野生动物医院”。

一看到人的身影走来，水獭笼内顿时一片嘈杂。“阿秀，来！”只听陈英秀一喊，一只小水獭就从笼子里的网眼里探出头来，伸出舌头舔他的手。这个场景看得我们目瞪口呆。陈英秀说道：“这 6 只水獭当时被关在芹苴市的一家餐馆外面等待被宰杀。幸运的是，一位外国客人发现并通知了胡志明市森林保护局。救援队把它们带到这里。”由于长期被圈养，照顾不当，它们都非常虚弱，满身疾病，其中最小的一只还不会进食。陈英秀只好把牛奶倒进瓶子里，放到嘴里喂它。因为奶粉很难消化，所以造成了它排便不畅。想要让它排便，就得拿一根蘸水的棉签在它的肛门处轻轻来回搓揉，六七分钟后它才会开始正常排便。如果不这么做，它永远不会自己排便，只会被活活憋死。在如此贴心的照顾下，小水獭度过了危机并很快康复。现在，它时时刻刻黏着陈英秀。“我太喜欢它了，我把我自己的名字取给了它。”陈英秀说道。

另外两只小懒猴的命运就不同了。一天下午，野生动物保护组织（WAR）保护教育项目经理杜氏青玄接到一位外国女士的电话，让她来富美兴郡（胡志明市第7郡）“接客人”。等杜氏青玄到了那里，发现原来这位女士在路上看到有人在贩卖两只懒猴。出于怜悯，她将它们买了下来，然后立即拨通电话请求野生动物保护组织的工作人员来解救，将它们照顾好并放归自然。

还有一只猪尾猴也有着非常坎坷的经历。某天一大早，野生动物保护组织执行主任阮武魁刚起床，还没来得及刷牙、洗脸，就接到了热线电话。电话的那头，胡志明市新平郡一位居民喊着：“快来救猴子！那夫妻俩刚回老家！”原来，这位居民邻居发现夫妻俩圈养一只公猴已经九年了。他们结婚很久没有孩子，所以他们把自己所有的爱都放在了“美猴王”（他们给公猴取的名字）的身上。不过，因为猴子一直被关在狭小的笼子里，根本没有多余的活动空间，从而变得非常肥胖。这只猴子来到救助站后，每隔两天这对夫妇就会带上食物来看它，有泡面、香蕉、糖果、糕点……并且给它喂食。探视结束时，夫妻俩一直抽泣着不愿离开。后来，救助站的工作人员为这只猴子减肥并教它恢复了野外生存的本能，最后将它带到西宁省的炉戈—萨玛特国家公园放归自然。

古芝野生动物救助站成立于2006年9月，由胡志明市森林保护局和野生动物保护组织合作运营。目前，该救助站已救助了数10种珍稀野生动物2000余只，其中，超过1100只野生动物已被回归自然。入院时，工作人员通常会对动物的疾病进行分类、治疗（最常见的是由于圈养条件不洁而导致的蠕虫病），恢复其原始本能，然后使其回归野外生存。不过，也有一些动物不得不在这里安家度日。生活在这里的63头熊中，有多达5头被迫截掉四肢，有的甚至已经被截肢到腋窝的位置。我们看到有一头熊一瘸一拐地歪在笼子的角落里，杜氏青玄说："这头熊于2012年2月在平阳省的一户人家发现并获救。它的右上肢已经被砍下来，可能是在森林中受伤断掉的，也可能是被人捉住砍下来泡酒、制药了……目前，救护站的人正在照顾它，希望它能恢复健康和本能，虽然它已永远没机会回归森林生活了。"野猫、猴子、豪猪……掉进猎人的圈套，腿和胳膊被压断，工作人员不得不为它们截掉坏死的关节，将其留在这里度过余生。即使将它们放回野外，它们也可能无法生存。最令人头疼的是红耳龟。这是一种原产于美国的动物。很多不明真相的人把它们带回越南饲养，然后送去寺庙放生。工作人员把它们捉回来喂养并等待它们死去，因为将它盲目放归野外会造成生态失衡。

还有一些被救助的动物因受伤过重，工作人员只好给它们实施安乐死（注射药物让它们平静地死去）。

重返自然的啼鸣

野生动物救援人员还有一项重要的要求，就是不能与救助的动物有过于亲密的接触。因为过于亲密可能会导致它们被驯化，这与在帮助它们恢复健康的同时，保留野生动物固有的野性本能之目的相悖。

杨辉强带我参观吉仙熊类救助中心（成立于 2005 年 3 月 29 日，位于吉仙国家公园）的医务室。他表示，这里有 42 头受伤的熊，它们有的被猎人抓捕而受伤，被人救助来到这里时已变得非常具有攻击性；有的长期被人圈养取胆汁，已瘦得皮包骨头，并且身上长满了疥疮，几乎失去了所有的野性本能。经过紧急救护阶段之后，当它们健康状况稳定时就会进入野外生存训练阶段。这时，我们需要准备水果、蜂蜡等食物。我们通常会把食物挂起来让熊练习嗅探和攀爬。当它们掌握了这项技能后，便会更加努力地练习在隐蔽的地方寻找食物并且适应季节性喂养……我们也会做一些精加工的熊饲料，那是一种精制干粮。我们每天会提供冰蜂蜜、燕麦、酸奶、干果、奶油等，把它们混合后做成湿粮，再将这些湿粮分别装进竹筒、盒子、椰子壳等容器里并放进冷冻室保存。在进餐时间，食物管和容器会被悬挂或埋在笼子里，供熊攀爬、搜索、啜饮和舔食。每天，都有健康的熊被释放到半野生区。它们会在那里移动、攀爬、嗅闻以寻找食物，这有助于唤起它们的本能，忘记在被人类圈养过程中所养成的习惯。只有这样逐步引导，当被放归森林时，它们才会逐渐恢复野性本能以适应新的环境。

野生动物保护组织执行主任阮武魁表示，与被非法运输、贩卖和圈养的野生动物的数量相比，获救的野生动物数量非常少。

仙岛濒危灵长类动物救助中心（属吉仙国家公园）的义工史蒂芬妮·佩斯永远不会忘记那只被她放生到森林里的长臂猿“回家”时给她带来的欣喜。她激动地说道：“笼门一开，那只长臂猿就跳了出来，摇着头，四处张望。它跳上了树，然后从一根树枝越过另一根树枝，最后消失在了森林中，只留下一声声回荡在森林中的啼鸣。它们看起来就像离家出走多年终于得以回家的孩子。”

我问她最大的愿望是什么，史蒂芬妮凝视望着天空，说道：“我希望人们停止狩猎和圈养野生动物，到时候，哪怕我们没工作了，也会很快乐！”

“女娲补天”的故事

不能让他们生活在丰富的自然资源旁边却无法享受其带来的福利。与其全面禁止涉足，不如教会他们如何合理利用上天的恩赐……是的，这是一个关于乌栖国家公园“女娲补天”的故事。

做梦也没有想到……

1948年出生于同塔省三农县富德乡K9村的杨文胜做梦也没想到，有一天他可以从主干道进入鸟栖国家公园并悠闲地在这里钓鱼。

这一方土地多年来一直是明令禁止人们进入的自然保护区。然而，2013年9月的一天早上，杨文胜被园方请去签发进园谋生证书。回家后，他和他的家人们便一起收集工具，在公园的A1分区搭起了帐篷。当天下午4点，他出去撒网、挂饵、设置捕鱼的陷阱。第二天早上，杨文胜一家人凌晨3点就起来吃早饭了，凌晨4点他自己划船、探网忙活了好一阵子才回到帐篷。他与家里人把打到的黑鱼、鲈鱼、笋壳鱼、鳗鱼等分拣出来，运出去卖给收鱼的商贩。在汛期的三个月里，杨文胜被允许进入鸟栖国家公园内打鱼。汛期结束，园门关闭，他则停止捕捞，回家务农。

在园子的那三个月里，杨文胜明白了园子的工作人员为什么一天比一天管得更严：他们不是为自己，而是为了所有人共同的利益。“如果你用电击捕鱼，所有的鱼都会死。鱼苗、鱼卵全死光了，正是鱼产卵的季节，没了鱼卵，上哪儿孵出鱼苗？下次还打什么鱼呢？”搞懂了这个道理，杨文胜现在宁可把鱼钩做大一些、把渔网织得宽一些，钓到更多的鱼、虾、蟹……如果工具太小了，那就再做大一些。回到村子里后，喝杯茶吃口饭的工夫，杨文胜又把这些事告诉了他同村的兄弟和朋友们……

引导的艺术

鸟栖国家公园总面积 7313 公顷，是同塔梅地区的“绿肺”。公园中原始千层树林占地近 3000 公顷，林中长满了荷花、睡莲、芦苇、香榄、木棉……还有近千公顷的野稻散落在水网交错的湿地中。

来到这里，任何人都会被茫茫森林中数十公顷的鸟类栖息地所震撼。据统计，有数十种水禽栖息其中，包括赤颈鹤、鸬鹚、野鸭、苍鹭、凫等。它们终年在此筑巢，最主要的鸟类族群是数以万计的白鹳。汛期是鸟栖国家公园最美的季节，那时湄公河的水漫过田野，把这里变成了茫茫水域中的一片绿洲。湿地里开满了黄色的花朵，紫色的睡莲与水交融为一体，还有莲花瓣的粉红色、千层树林的绿色……园内水产资源十分丰富，有 130 种鱼类（占湄公河三角洲种类的 40%）、174 种浮萍植物、110 种浮游动物、23 种底栖动物，以及其他两栖爬行动物等。

每年汛期，鸟栖国家公园估计有 250 ～ 300 吨鱼虾等待捕捞。不过，根据可持续发展原则，上述数量中只有 20% 允许捕捞。公园每年 7 月为鱼类产卵期，明文规定不可从事捕捞工作。

阮文雄坚守鸟栖国家公园 30 年，每天与森林打交道，与当地人同吃同住。从科研人员到国家公园馆长都有苦衷，阮文雄也有他的苦衷。公园周长 70 多千米，附近居住近 5 万余人。他们生活在这块风水宝地的旁边却仍然在挨饿受穷。每一片浮萍、每一茎荷叶、每一朵荷花、每一尾鱼虾……放眼望去到处都是财富。不过，当地人因这里是国家公园的土地而不允许进入开发。偶尔进入，不仅收获不多还有被抓的风险，这一情况导致公园和民众怨恨不已。“不能因为这样就砸了老百姓的饭碗！”在 2009 年，阮文雄于是毅然决然地提出了让人们在公园内开发自然资源的想法。听闻此言，许多在公园里工作的人甚至同塔省领导都为之动容。当然，也有人提出反对意见，认为这样做有悖于保护原则，一部分管理人员担心局面会失去控制。最大的压力是来自外界的舆论，要求他们说明为什么鸟栖国家公园允许当地人开发。阮文雄回忆说：“很多人害怕丢掉饭碗，所以不敢去做。但是，如果看到任何对人民有益的东西能加以保留，我就会下定决心去做。不过，做任何事都是有风险的，最好的解决方法是引导人们做正确的事情，并且踏踏实实做好，而不是全面禁止人们进入，这样反倒会滋生一些偷偷摸摸的违法行为。再说了，所有的老百姓要是一起硬闯进来，我就算三头六臂也没办法……所以，重要的是如何协调各方的利益。我认为，但凡还靠这里生活的人，就会想办法保护它，但也要加强教育引导。老百姓理解了，才会更好地将这些信息传播给其他人。”他坚定地说道。阮文雄提出这项政策提议是让百姓在汛期进园捕捞水产、获得柴草。政策试行期从2009年开始到2013年结束。

从小到大，阮文雄都是个敢想敢干的人，他得到了大家信任。这次，他没有为自己考虑一分一毫，给出的论据也很有说服力，因此从上到下对他的提议都很赞同。

鸟栖国家公园旅游与环境教育中心员工黎制灵先生说：“为了进入公园开发自然资源，很多当地人搬到了公园附近的缓冲区居住。同塔省三农县要求申请入园的人必须在乡人民委员会登记，由政府审查家庭构成，看是否有合适的对象（贫困户、近贫困户优先）。他们将审核好的农户清单发送给鸟栖国家公园的自然资源智能利用团队。公园为每户发放入园卡，每户可以派一个人进入园区，每张卡每个月收取10万越南盾的管理费。每天，园区的工作人员都会进园巡逻，检查每个人的卡片、活动边界和渔获。如发现第一次违规，没收渔具；第二次违规，则会解除合同。严格的规定使得农户们都能遵守园规，并未出现失控的情况。

拥抱双赢

世界自然基金会（WWF）与越南项目组织联手赞助了鸟栖国家公园及其周边地区的自然环境管理和可持续生计发展项目。8 月～次年 2 月，富寿乡、富德乡、富协乡、富成 B 乡、新工生乡和鸟栖镇的 278 户贫困家庭获得了当地发放的自然资源使用卡，每年得以入园开发睡莲、空心菜、贻贝，砍伐杨梅树，捡拾枯死的千层树回家当柴火烧……前后有 8700 余人次来园参与生产开发活动，收获鱼虾蟹类 12.3 多吨、螺类 18.5 多吨、杨梅木和千层木 2000 多立方米。

根据鸟栖国家公园管理委员会的评估表明，近年来这种方法有效降低了外来入侵植物物种的密度，减少了园区易燃植被层，稳定增加了贫困户的收入。恢复开发后，非法侵占园区和资源的案件数量大幅度减少，园区附近地区的经济发展速度比之前更快。

最重要的是，这么做有助于提高公众对资源保护、护林防火和严格控制外来入侵物种等方面的意识；同时，以可持续发展的方式逐步实现社会化管理和对国家公园内自然资源的利用，还有助于减少旱季频发的森林火灾。对没有参与该项目的周边贫困户而言，这项政策还在继续推广当中。让阮文雄最倍感欣慰的是，他们针对当地民众的交流宣传工作有效地为鸟栖国家公园的宣传和保护作出了贡献。

生活在公园缓冲区内的近万名贫困户实现了基础脱贫。关于园区的环境保护和教育工作仍在继续。

回忆起鸟栖国家公园管理者阮文雄为民众打破“围栏”的那天，是多么令人鼓舞振奋，值得铭记！

读行记

READING AND TRAVELING NOTES